KB215095

수상한 초대

수상한 초대

이현숙 소설집

산지니

차례

여행의 한 방식

어헝! 아버지가 기합을 넣었다. 자신의 의지로 저항할 수 없고, 피할 수 없는 세월의 굴레 앞으로 끌려가지 않으려는 안간힘 같았다. 의자 등받이에 육중한 몸을 지탱하며 허리를 곧추세웠다. 이윽고 의사 진단이 자신을 돈벌이 수단으로 이용하고 있다는 쪽으로 패를 던지며 왕방울 같은 눈을 부라렸다.

"그래서?"

백여 킬로그램의 무게를 떠받치고 있는 의자가 삐걱거렸다. 아버지가 엉덩이를 좌우로 들썩일 때마다 구린내가 틈을 비집고 나와 진료실 공기 속으로 번져갔다. 의사는 콧구멍을 벌룽벌룽하다가 아버지 등 뒤에 서 있는 나와 형을 보며 미간에 주름을 새겼다. 순간 부끄러움은 두 아들 몫으로 넘겨졌고, 우리는 동시에 시선을 바닥으로 떨어뜨렸다.

"영감님은 대사질환의 종합체라고요. 고도비만, 고혈압, 고지혈, 당뇨, 뇌졸중 때문에 왼쪽으로 마비가 온 겁니다. 장기적으로 재활 치료를 받아야 한다고요. 알아듣겠어요?"

맞잡은 아버지의 두 손이 흔들렸다. 팔십여 년 동안 완강하게 버텨 오던 의지가 삶의 경계선 너머로 떠밀려 가는 것을 직감한 모양이었다. 난 백이십 살까지 살아야 한다! 라는 말을 입버릇처럼 달고 살았던 아버지의 용맹이 잠시 사그라지는 순간을 목격했지만, 그렇다고 서글퍼지거나 울컥하지 않았다.

형의 시선은 창밖에 있었다. 복장은 영락없이 전투태세를 갖춘 군인이다. 어디에서든 해군복 차림, 낡은 군화, 허리에 찬 공구 세트는 형과 함께 밀착되어 있었다. 남의 눈엔 형의 정신세계가 의심스러웠겠지만, 나는 형의 행색이 투철한 직업정신의 발로라고 여겼다. 하늘은 금방이라도 먹구름이 터져 첫눈이 쏟아질 기세였다.

"입원하시죠?"

의사가 진료기록지에 글자를 흘렸다. 아버지는 형

과 나를 번갈아 바라보았다. 형은 누가 보아도 웃는 얼굴에 가까웠다. 이윽고 입에서 흘러나온 단어는 '허'가 아니라 '휴'였다. 아버지가 어디에 있든 형 집만 아니라면 좋다는 안도의 숨소리였다. 그렇더라도 으레 자식이라면 아픈 부모에게 입에 발린 위로의 말이라도 전해야 마땅하다. 하지만 나 또한 아버지에게 들려줄 적당한 말을 찾아내기도 전에 치아가 먼저 튀어나오려고 했다. 순간적으로 얼굴이 화끈거렸다. 아버지가 내 왼쪽 팔을 힘껏 붙들었다.

"내 몸은 내가 잘 안다. 난 백이십 살까지 꼭 살아!"

아버지의 까칠한 손이 내 팔을 지나쳐 손목으로 내려왔다. 아버지의 눈길을 피해 창밖을 내다보는 형을 보며 나도 입술을 앙다물고 천장으로 시선을 던졌다. 둘 중 입원에 관련된 단어를 먼저 입에 담은 자가 백여 킬로그램의 몸무게를 온전히 짊어져야 할 것 같았다. 의사가 우리를 보며 말했다.

"이대로 방치하다가 순간적으로 훅 갑니다."

내 손목을 붙들고 있는 아버지의 손바닥에 힘이 조여 왔다. 저려 오는 팔. 가만히 있다가는 내가 먼저 세상을 하직할 수 있겠다는 생각이 들었다. 아픈 곳이 있으면 통증을 없애려 하고 힘에 겨운 난간이 있으면 피하려는 것은 자연스러운 이치였다.

"화장실 좀."

슬그머니 아버지의 손을 털어 냈다. 내가 아닌 형이라도 아버지 손에 잡혔더라면 뿌리쳤을 것이다.

화장실로 가서 좌변기 뚜껑을 닫고 앉았다. 핸드폰을 열어 인터넷 뉴스의 헤드라인을 훑고, 정치판 기사, 스포츠 기사 몇 개를 읽다가 눈을 감았다. 졸음이 몰려와 홀연히 정신이 나가고 있을 때였다. 핸드폰에서 벨이 울렸다.

"어디야? 개새끼야."

"아직 똥 중."

"빨리 안 와!"

"입원하기로 했어?"

"그래, 새끼야."

형이 전화를 뚝 끊었다.

형과 나는 아버지의 양쪽 팔을 하나씩 붙잡고 진찰실을 나왔다. 아버지는 대기실 의자에 털썩 주저앉았다. 아버지가 다시 내 손목을 힘껏 붙잡았다. 나는 붙들린 팔 쪽으로 몸을 기울이며 힘에 겨운 표정을 지었고, 아버지는 눈을 지그시 감았다. 형은 머뭇머뭇하더니 입원 수속을 밟기 위해 원무과로 걸음을 옮겼다.

형수와 함께 아버지 소지품을 챙기려고 덕동 집으로 갔다. 도시 변두리에 있는 삼천 평의 땅. 아버지는 내가 태어나기 전부터 그 땅에서 배추 농사를 지었다. 지금은 도시 외곽으로 옮겼지만, 한 달 전까지만 해도 밭 귀퉁이 백 평에는 버려진 밥솥이나 전자레인지, 냉장고 잔해더미, 내용물을 쏟아 낸 빈 병들이 시체처럼 쌓여 있었다. 형이 임시로 폐기물을 보관하는 곳이었다. 형은 그곳을 온갖 무기물의 연옥이라고 불렀고, 자신은 무기물들의 염라대왕이라고 칭했다. 물건의 수명이 끝난 제품은 재활용할 수 있는 것과 폐기할 것을 분리하여 새 상품으로 탄생할 기회를 제공해 주는 건 형의 손에 달렸다는 것이다. 이 일을 시작하면서 형은 자신의 존재 가치를 찾았다고 했다. 폐기물 창고 앞에 서면 드넓게 펼쳐진 배추밭이 한눈에 들어왔다.

형이 여자 친구를 데려왔던 날, 아버지는 형의 여자 친구를 폐기물 창고 앞으로 데리고 갔다. 아버지는 튀어나온 배를 앞으로 쑥 내밀며 배추밭을 향해 두 팔을 휘저었다.

"이게 다 누구 거겠노? 나중에 느그 거 될 거 아이가?"

"와! 도시에 이런 땅이 아직 남아 있다니." 여자 친구 입에서 연발 감탄사가 터져 나왔다. 그때 형은 아버지와 여자 친구를 힐끗힐끗 쳐다보며 폐기물을 깨고, 부수고, 던지고 있었다. 형이 깨부순 가전제품은 성분이 같은 물질끼리 한데 모아 폐기물 회수차로 실어 보낼 것들이었다. 재무 상태가 탄탄한 대기업에 준하는 회사의 회계 업무를 그만두고 형이 고물상을 차린 것은 엄마가 느닷없이 세상을 떠난 뒤였다. 형은 동안거에 들어간 스님처럼 두 달간 방 안에서 칩거하다가 하루는 플라스틱 바가지를 이마로 내리찍어 산산조각을 냈다. 그날 이후로 고물을 찾아다니기 시작했다. 형이 서서히 말문을 열기 시작했던 건 그즈음이었다.

여자 친구는 폐기물을 깨부수고 있는 형을 향해 손을 모아 하트를 날렸다. 몇 달 뒤, 동그랗게 부풀어 오른 배의 아랫부분을 두 손바닥으로 받치며 아버지 집으로 들어왔다. 머지않아 그 땅에 아파트가 들어설 것이고, 아버지가 모 정치인의 토지 관리인이었다는 사실을 알게 되자, 형수는 곧바로 전셋집을 구해 집을 나갔다. 형수는 자신의 인생이 몽땅 사기당했다고 말할 때마다 형을 세게 꼬집었다. 아버지가 가리키는 쪽이 넓게 펼쳐진 배추밭이었는지, 배추를 배양하는 땅덩어리였는지, 꼼꼼하게 따지지 않았던 자신의 성급함은 탓하지 않았다. 부자지간이 던진 가짜 미끼에 걸려들었다는 것을 알고도 떠날 수 없었던 건 태어난 조카 때문이라고 형수는 말하곤 했다. 아버지의 허세가 근거 없는 말은 아니었다. 십오 년 전에는 집과 땅 소유자가 아버지였다. 비록 조상에게 상속받은 지분이었지만, 아버지는 순간순간 그곳 주인이 여전히 자신인 줄 착각하곤 했다.

집 앞으로 펼쳐진 삼천 평 위에 굴삭기 몇 대가 서 있었다. 배추답지 않은 배추들이 차가운 바람을 맞으며 거대한 쇳덩이 앞에서 떨었다. 흙을 싣고 나르는 덤프트럭이 뿌연 흙먼지를 일으켰다. 먼지가 안방 문갑에 겹겹이 내려앉았다. 문갑 안에는 각종 고지서가 거래처 장부처럼 쌓였고, 고지서 밑에는 손톱깎이, 영양제, 혈압약, 도장과 인주, 물파스, 신신파스와 같은 잡동사니가 뒤엉켜 있었다. 형수와 내가 찾는 건 당장 버려도 아쉬운 것 없는 물건이 아닌, 검은색 토너로 찍힌 숫자가 가득 채워졌을 통장이었다. 그러나 우린 그 흔한 동전 한 개 발견하지 못했다.

"아버지는 여태 뭘 하고 살았을까?"

형수가 툴툴거리며 천장을 올려다보았다.

"울 오빠는 천장에 구멍을 뚫어서 비상금을 숨겨 놓던데."

천장은 빗물에 새겨진 얼룩이 세계지도를 떠올리게 했다. 그때 안전모를 쓴 아저씨가 집 안으로 머리를 내밀었다.

"다행히 영감님 갈 곳을 찾았나 보네. 진즉 철거했어야 하는데 그동안 영감님 사정 봐주느라고 늦었어요."

"그게 아니고 요양병원에 입원했는데요."

형수가 얼른 대답했다.

"철거 시한이 오늘까지라서 더 늦출 수 없어요. 이 시간 이후에 남아 있는 짐은 우리가 책임 못 져요!"

관리자가 무전기로 누군가를 불렀다. 이윽고 한 대의 굴삭기가 집 쪽으로 다가오고 있었다. 나는 다시 장판 밑과 부엌 싱크대의 구석구석을 살폈다. 이월시킨 통장이라도 눈에 들어오길 바랐지만, 가져갈 거라고는 칫솔과 치약, 면도기, 옷 몇 벌, 수건 몇 개, 속옷 몇 벌이 전부였다. 윗옷 호주머니에서 손바닥만 한 딱딱한 종이가 만져져 꺼내 보니 전화번호가 적힌 수첩이었다. 삼만 천사백팔십 일을 걸어왔던 아버지의 인생길에서 건져 올린 것들이었다. 집을 나서자마자 굴삭기가 쿵! 지붕을 내리찍었다. 쿵, 쿵, 신나게 지붕을 뚫었다.

배추 농장에서 일했던 수많은 일용직 할머니와 미망인을 품었던 집. 도시에 포함되어 있으면서도 도시와는 동떨어진 곳. 아버지를 닮은 모습으로 꿋꿋하게 버텨 왔던 터전이 순식간에 뚫리고 있었다. 엄마와 우리 형제는 아버지를 뚫고 들어간 적이 없었다. 그의 주먹에 나가떨어지거나, 머리를 부수고 들어올 것 같은 욕설에 몸서리치거나, 구차하게 그의 옷자락 끝에 매달려야 했다. "내 삼대독자로 태어나 집에 일꾼을 넷이나 두고 살았는데 어쩌다가 이렇게 됐노? 내가 와 이리 됐노? 자고로 집안에 여자를 잘 들여야 해!" 아버지가 엄마 지인의 화려한 언변에 속아 잘못 서 준 보증서 때문에 마지막 자산이 동나던 날, 학원 수업을 마치고 집에 와 보니 엄마는 화장실에 누워 있었다.

얼굴이 새하얗게 질려 있는 형은 내가 119에 전화할 때까지 엄마 옆에서 꼼짝하지 않았다. 무슨 일이 있었냐고 물어도 입을 열지 않았다. 아버지는 119 대원이 들어설 때까지 세면대에 수돗물을 틀어 놓고 손을 씻었다. 팔과 다리가 사시나무처럼 흔들렸다.

엄마는 가족에게 한마디 말도 남기지 못한 채 사흘간 누워 있다가 삶의 끝을 맺었다. 오십팔 년 동안 엄마 인생의 무게는 고작 삼백 그램도 안 되는 재였다. 경찰이 받아쓴 사망 사유는 저혈압 쇼크, 세면대에 머리를 부딪쳐서 일으킨 뇌진탕이었다. 두 누나는 장례식이 끝나자마자 집으로 돌아갔다. 형은 실어증 환자처럼 한동안 입에 자물쇠를 채우더니 트럭을 사서 폐가전제품이나 빈 병을 수거하기 시작했다. 폐가전제품을 깨부술 때 나오는 소리가 세상의 어떤 것보다 전율을 느끼게 한다고 했다. 형의 카타르시스를 위해 모여든 폐기물들은 형의 손에 분해되어 일주일에 한 번씩 회수 차량에 실려 나갔다. 나는 대학 진학을 위해 재수하다가 군대에 자원입대했다.

엄마가 세상을 떠난 지 겨우 육 개월이 지날 때였다. 아버지는 일용직으로 고용한 미망인과 재혼하겠다고 했다. 그날은 내 휴가를 맞이해서 가족이 모처럼 한 집에 모이는 날이었다. 우리 형제는 얼굴을 서로 맞대며 방 한쪽 구석에서 몰려 앉아 있었다. 아버지의 말씀이 장가 보내 주지 않으면 자식이고 뭐고 다 가만두지 않겠다는 협박처럼 들렸다. 수일이 지나면서 아버지의 혼인 선언은 점차 봄볕에 눈 녹듯이 사그라졌다. 우리 중 누구도 사유를 묻지 않았다. 아버지의 취중 말대로라면 자식들의 협조가 부족하여 홀아비 옆구리에 구멍이 생겼다는 것. 그 때문인지 아버지의 성정은 더 퉁명스럽고 난폭해졌다. 나와 두 누나는 가급적 아버지 곁에서 멀어지려 했고, 형은 매일 물 마시는 횟수만큼 마음속으로 아버지를 깨부순다고 했다.

형수를 집으로 보내고 병원으로 돌아왔을 때, 병실 바닥이 난장판이었다. 쓰레기통이 바닥에 나뒹굴었다. 형은 얼굴을 붉히며 널브러진 각종 쓰레기를 끌어모았다. 병실을 둘러본 아버지가 손에 잡히는 대로 물건을 집어던졌다는 것이다. 인공호흡기, 소변관, 온갖 생명장치를 주렁주렁 매달고 있는 환자들을 보며 손가락으로 가리켰다.

"저게 사는 거냐? 나를 산송장으로 두려거든 차라리 깊은 산속에다 버려라. 거긴 햇볕이라도 들지!"

아버지가 침대시트 싸개를 움켜잡으며 던지려고 하는데 의사가 들어왔다.

"우리 병원은 특별한 경우를 제외하고 남자 환자는 잘 받지 않는데 두 아들 인상이 온순해서 받아 줬더니…… 고집 피우다가 자식들 영영 못 봐요."

"치아라! 저 꼴로 누워있는 환자들은 왜 여태 못 고쳤나? 누굴 바보로 아나!"

아버지가 링거를 주사하려는 간호사의 팔을 훅 털어냈다. 아버지 손가락에 링거 줄이 걸렸고 링거대가 넘어졌다. 약 용기가 떨어지면서 수액이 바닥으로 흘렀다. 아버지는 절룩거리며 병실 밖으로 뛰쳐나갔다. 형은 흩어진 조각들을 모아 휴지통에 주워 담았고 나는 화장실에 비치된 청소함에서 대걸레를 가져와 잽싸게 닦았다.

아버지가 마비된 사지를 무겁게 끌면서 택시에 올랐다. 형과 나는 뛰어가서 아버지 팔을 붙들었다.

"어디로 가려고요?"

"집으로 가야지."

아버지가 큰소리로 말했다.

"어느 집?"

내가 물었다. 아버지가 차장 밖을 두리번거리다가 버럭 화를 냈다.

"어느 집은 어느 집이야? 내 집이지!"

"덕동 집 지금 헐리고 있는데……."

택시 기사가 목적지를 정확하게 말하라며 닦달했다. 형과 내가 머뭇거리고 있었다.

"갈 곳이 어디 덕동뿐이가? 자식 넷 집이 다 내 집 아이가!"

말을 끝낸 아버지가 짧게 기합을 넣으며 엉덩이를 좌우로 들썩였다. 차 안에 구린내가 번졌다. 형이 얼굴을 붉히며 얼른 입을 열었다.

"만수동 대일 아파트요."

횡단보도 정지선에서 신호를 기다리고 있을 때였다. 육십 대 중반은 넘어 보이는 아주머니가 편의점에서 나왔다. 아버지는 아주머니에게 눈을 떼지 않았다. 엄마가 세상을 떠난 뒤로 수없이 갈망하던 미망인 중 한 사람이라도 되는 것처럼.

"물 마실래요?"

아버지는 내 말에 응답하지 않았다. 택시가 지나쳐도 눈은 아주머니에게 머물러 있었다. 그녀가 보이지 않자, 거친 숨소리마저 숨어 버린 듯 고요했다. 파랗게 불태웠던 녹음의 계절, 다시 되돌릴 수 없는 세월을 아쉬워하며, 자신을 위해 어떠한 변명의 말도 찾지 못한 것일까. 딱히 불치병에 걸렸더라면 단념이라도, 예기치 못한 사고를 당했더라면 운세 탓으로, 균형 잡힌 식사를 제대로 하지 못해 칼슘 부족으로 인한 고관절 골절 때문이라면 처자식 잘못 둔 팔자 타령이라도 할 수 있었다. 평생 지나치게 몸을 아끼는 바람에 숨차고 땀 흘리는 것을 멀리했고, 몸에 이롭다고 하면 돌멩이라도 갈아 먹어야 직성이 풀렸던 자신이 문제였다는 것을 인식했던 걸까.

집 안으로 들어서자, 형수는 달궈진 자갈돌 위에 놓인 마른오징어처럼 얼굴을 찡그렸다. 형과 나는 아버지를 조카 방에 넣어 두고 형수와 안방으로 가서 두 누나에게 전화를 걸었다. 큰누나는 한 집당 백만 원씩 보태서 아버지를 요양병원 일 인실로 보내자고 했다. 형과 나는 아버지를 다시 병원으로 데려갈 명분을 찾지 못했다.

"매달 삼백만 원을 내게 주면 우리가 모실게요."
형수가 큰 결단을 내렸다.

형수로부터 모두 모이라는 문자 메시지가 왔다.
"매일 돈을 내놓으라고 해요. 주머니에 돈이 있으면 문틈으로 바람 빠지듯이 나가서 노숙자 몰골을 하고 들어와요."
어디서 무엇을 하다가 들어왔냐? 그러다가 잘못되어 매스컴이라도 타면 자식들 어떻게 얼굴 들고 다니겠냐? 큰누나가 아버지를 다그쳤다. 아버지가 버럭 소리를 질렀다.
"애비 장가 보내 줄 자신 없으면 입 다물어!"
우리는 아버지 방문을 쾅 닫고 나왔다.
"문디 영감쟁이가 옷에 똥오줌을 지리면서도 여자 생각은 나나 보네."
형수 입에서 문디 영감쟁이라는 말이 입에 기름칠이라도 해 놓은 듯 매끄럽게 흘러나왔다. 나는 큰누나에게 눈을 흘기며 속삭였다.
"누나가 문디 영감쟁이라고 막 부르니 형수가 아버지를 문디처럼 여기지."

작은누나가 내 어깨를 툭 치며 검지를 입술에 갖다 댔다. 아버지를 데려가라는 말이 형수 입에서 제발 나오게 하지 마라. 모두가 가슴을 조였다. 만약 누군가가 이 침묵을 깨트린다면 형수에게서 아버지 데리고 가라! 하는 말이 터질 것 같았다. 나는 고개를 숙이며 장판을 손톱으로 긁었고, 큰누나는 팔을 들어 허공에서 파리 잡는 시늉을 했다. 작은누나는 벽지 무늬를 명화 감상하듯 진지한 표정으로 훑고 있었다.

"큰놈아, 내 돈 내놔라. 내 재산 다 말아먹은 놈아!"

이윽고 아버지 방에서 고함이 터졌다. 정적이 순식간에 깨졌다.

"보석 아빠가 무슨 재산을 말아먹었냐고요?"

형수는 한바탕 울음을 쏟아 낼 기세로 아버지 말을 맞받아쳤다. 아버지의 방문이 벌컥 열렸다.

"보석 아비가 벌어 온 돈이 어디 너 꺼가? 등골 빠지게 일해서 자식 넷이나 키웠는데 돈을 벌어 오면 부모한테도 나눠 줘야지 왜 지 마누라 치마폭으로 몽땅 들어가느냐 말이야!"

아버지의 한쪽 팔이 방바닥 쪽으로 쏠리는가 싶더니 곧바로 베개가 허공에서 한 바퀴 공회전하다가 형수 발 앞으로 떨어졌다. 형수는 베개를 집어서 형에게 힘껏 던졌다.

"문디 영감쟁이가 더러운 성질머리를 바지에 똥 바르면서도 못 버렸네."

두 누나는 매형의 등을 떠밀며 도망치듯 자리에서 일어났다. 나도 무리의 꽁무니를 잡고 나가려고 했다.

"잠깐만!"

형수가 우리를 불러 세웠다.

"더는 못 살겠어요. 이혼할 거예요."

형수는 현관에 서 있는 우리를 밀치며 나가 버렸다. 형수의 마음을 붙드는 건 깨진 거울 맞추는 것보다 어려울 듯했다. 아버지 말에 의하면, 자식의 몸은 부모가 내어 준 나뭇가지와 같다. 조상은 뿌리이고 부모는 줄기며 자식은 그 곁가지. 그러므로 자식은 마땅히 광합성을 부지런히 해서 줄기를 튼튼하게 해야 할 의무가 있다는 것. 그에 반해 우리는 이미 아버지 나무에 맺힌 종자가 되었으니 가급적 멀리 떨어져 발아하려 했고, 형수는 맘껏 동화작용을 하기 위해 아버지 그늘 밑을 벗어나는 중이었다.

우린 신으려던 신발을 밟고 그대로 서 있었다. 형이

우리를 붙들었다.

"어딜 가! 큰누나는 엄마가 살아 있을 때 결혼식을 번듯하게 치러 줬다. 가려거든 큰누나가 모시고 가라."

우리가 다시 거실에 두 발을 들여놓았다.

"겨우 콧구멍만 한 빵집에 아버지를 밀가루 포대 위에 재울까? 빵 한 개 팔아 봤자 달랑 천 원도 못 남긴다. 더군다나 곡물값이 얼마나 많이 올랐는지 아나? 내 코가 석 자야!"

큰누나가 울먹거리며 말했다. 그럼 작은누나가 모시고 가면…… 형의 말이 끝나기도 전에 작은누나 입에서 한숨이 휘파람처럼 가늘고 길게 흘러나왔다.

"전염병에 돼지 이백 마리를 살처분했어. 니 매형이 먼저 죽게 생겼다고!"

갑자기 아버지가 탁구대 위에서 통통 튀어 다니는 탁구공이 되었다.

하필 그때, 내 머릿속에서 노릇하게 잘 구워진 갈치 중간 토막이 떠올랐다. 형제 중에 유일하게 아버지와 겸상한 자식은 막내였고, 그 덕에 나는 살이 도톰하게 붙은 생선 중간 토막을 먹고 컸다. 나는 안다. 아버지

똥이 무서워서 서로 떠넘기려는 것이 아니라 아버지 성질이 더러워서 라켓을 휘두른다는 것을.

"내가 모시고 가겠다!"

깡마른 두 누나를 보자 나도 모르게 튀어나온 말이었다. 이윽고 박수가 터져 나오고, 형제들 입에서 텁텁한 공기가 흘러나왔다. 두 누나 내외는 재빠르게 현관 밖으로 사라졌다. 탁구공은 내 앞에 멈춰 섰고, 다시 서브하려 해도 상대편은 이미 자리를 떠나고 없었다. 머리가 핑 돌며 현기증이 났다.

"꼭 부모를 장남이 모시라는 법은 없잖아. 장남은 장남으로 태어난 죄밖에 없어."

형이 내 머리카락을 쓸어내렸다.

아버지를 트럭 중간 좌석으로 밀어 넣었다. 나와 형은 아버지를 부축하며 투룸으로 들어섰다. 나는 군대를 제대하고 나서 대학을 포기하려고 했다. 가방끈의 길이가 밑바닥 인생을 구원할 시대는 종쳤다고 했지만, 형은 되레 나를 설득했다. "어차피 이번 내 생은 망했어. 동생만은 반드시 뒷바라지할 테니 대학에 가라"며 밑바닥 인생에서 탈출할 수 있는 가능성이라도 잡으려면 대학 졸업장은 있어야 한다고 했다. 수능 시험을 치르고 겨우 대학에 입학했고, 무사히 졸업장을 받았다. 서른 번의 면접 끝에 출근하라고 통보받은 유일한 곳은 물류회사의 제품 선별장이었다. 4년제 가방끈의 체면은 땅바닥으로 추락했지만, 아버지에게서 분리될 기회를 만들어 준 형이 고마울 따름이었다.

아버지는 일주일에 한두 번은 꼭 변비약을 복용했다. 그날에는 아버지의 괄약근이 갓난아이 수준으로 되돌아갔다. 나는 고무장갑을 끼고 화장지를 둘둘 말아 아버지 등에 달라붙은 오물을 삭삭 쓸어내렸다. 아버지를 요 위에 앉힌 채 요 끝을 잡고 목욕탕으로 끌고 갔다. 이불에 붙은 똥은 커다란 고무통에 물을 가득 채워 물속에서 털어냈다. 오물이 털린 이불은 세탁기에 넣고 똥물은 변기 속으로 흘려보냈다. 한바탕 모닝 똥과 사투를 벌이고 나니 요양보호사가 왔다. 아버지 방에서 고함이 들렸다.

"전복죽 먹고 싶다. 내장 갈아 넣고 전복 듬뿍 얹어 끓인 죽 가져오너라!"

아버지는 할머니가 삼대독자인 아들 몸이 축나면 보양식으로 쒀 줬다고 말하곤 했다.

나는 시장으로 뛰어가서 전복죽을 사 왔다. 죽을 숟가락으로 뒤적거리니 몇 조각의 전복이 나왔다. 건져낸 전복을 죽 표면에 올려 아버지 앞에 내놓았다. 아버지가 숟가락으로 죽을 뒤적거렸다. 나는 아버지 의중을 파악하지 못해 밥상 양쪽 끝을 꼭 붙들었다. 예측 불가한 행동이 추측할 수 없는 타임에 쏟아질 수 있었다. 그때 요양사가 방으로 들어왔다. 나는 상 끝을 붙든 손에 힘을 풀었다.

아버지가 죽을 떠서 먹었다. 절반은 입으로 들어가고 반은 턱으로 흘러내렸다. 요양사가 물수건으로 턱에 흐르는 죽을 닦으며 물었다.

"남들 열심히 돈 벌 때 뭐 했어요?"

"나도 돈은 벌 만큼 벌었다 아이가. 식구들 먹여 살리고 자식들 공부 가르치고 나머지는 이 배 속으로 다 들어갔다 아이가."

아버지가 불룩한 배를 두들겼다. 배에서 똥, 똥, 똥, 소리가 났다. 튀어나온 배는 남에게 주눅 든 상황에서 마지막으로 처방할 수 있는 응급처치용 붕대 같았다. 힘을 과시하는지, 동산처럼 솟아오른 배가 부의 상징이라고 여기는지, 기죽지 않으려는 제스처에 히죽 웃음이 나왔다.

아버지는 죽 그릇이 다 비워지자 숟가락을 상 위에 툭 던졌다. 맛이 그저 그랬다는 표시다. 요양사가 허리를 굽히며 상을 들고 나갔다. 아버지가 갑자기 일어서더니 잠옷 바지와 팬티를 벗었다. 내가 미처 방문을 닫기 전에 요양사가 뒤돌아보았고, 그녀는 비명을 지르며 현관 밖으로 뛰쳐나갔다. 아버지의 엉덩이 사이를 비집고 나와 다리를 타고 흘러내린 오물을 화장지로 닦고 있을 때, 요양사가 전화로 일을 그만두겠다고 알렸다.

그날 이후부터 아버지는 아랫도리에 아무 옷도 입지 않았다. 대소변 볼 때 편하다고 했다. 이 사실을 큰누나와 형에게 말했다. 누나는 허릿단에 고무줄이 끼워진 치마를 사서 입히라고 했다. 나는 재래시장에 가서 폭이 넓은 치마를 사서 아버지에게 입히려고 했다. 아버지가 치마를 내 얼굴로 휙 던졌다.

"새파랗게 어린놈이 벌써 노망하나!"

아버지 엉덩이 밑에서 지린 똥이 비집고 나오는 중이었다. 나는 잽싸게 아버지를 밀치고 가슴 위로 올라탔다. 허벅지로 아버지 두 팔과 늑골을 힘껏 죄며 배 위에 엎드렸다. 순발력을 발휘해서 다리 사이로 기저귀를 채웠다.

"내가 아기가? 기저귀는 무슨, 저리 치아라!"

아버지가 몸부림치며 손에 잡히는 대로 물건을 내게 던졌다. 나는 도망치듯 집을 나왔다. 놀이터에 앉아 누나와 형에게 하소연했다. 누나들에게 아버지를 떠맡기려다가도 그때마다 갈치 중간 토막이 떠올라 내 입을 가로막았다. 두 누나는 번드레한 말로 나를 위로했다. 형은 머지않아 아버지와 함께 여행을 떠날 계획이니 조금만 참고 기다리라고 했다. 여행을 가겠다는 형의 말은 내가 잠시나마 자유를 획득할 수 있는 유일한 희망으로 작용했다.

집으로 돌아가는 길에 복지센터에서 전화가 왔다. 우리에게 보낼 요양보호사가 없다며 아버지를 요양원으로 보내라고 권했다. 아버지를 짓누르며 기저귀를 채웠던 게 마음에 걸렸다. 떡집에 들러 팥 시루떡을 샀다.

아버지 방문을 열었다. 아버지가 사라졌다. 비상금 봉투에 넣어 둔 현금 십만 원도 없어졌다.

놀이터, 느티나무 밑 정자, 노인들이 자주 모이는 공

원과 집 주변을 샅샅이 찾아다녔다. 아버지는 어디에도 없었다. 두 누나에게 알렸다. 돈 떨어지면 집으로 돌아올 거라며 둘 다 비슷한 말로 일축했다.

아버지 옷에서 손바닥만 한 수첩을 찾아냈다. 전화번호 열너덧 개가 적혔고 번호 앞에 지명과 성을 써 놓았다. 붉은 별표로 표시된 전화번호가 다섯 개, 나머지 전화번호는 엑스 표시를 해 놓았다. 회룡동 조 씨라고 적힌 첫 번째 번호로 전화를 걸었다. 느낌상 별표 번호로 마음이 갔다.

받는 사람은 목소리가 허스키한 여자였다. 누구냐기에 덕동 배추 농장 아들이라고 했다. 조 씨는 콜록거리며 아버지 안부를 물었다. 천식이 심해서 요양병원에 들어온 지 석 달째라며 자기의 빌라 주소를 받아 적으라고 했다. 두 달 전쯤에 빌라 계단에서 몸집이 우람하고 눈이 왕방울처럼 큰 노인이 서성거렸다며 병문안 왔던 이웃 주민이 알려 주었다고 했다.

조 씨의 집은 덕동 집에서 그리 멀지 않았다. 말이 빌라이지 낡은 원룸에 가까웠다. 빌라 2층 계단 모퉁이 벽에 아버지가 기대서서 그녀의 현관문을 바라보고 있었다. 아버지 손에는 붉은색 장미 조화 한 다발이 들렸다. 청혼하기 위해 한 여인을 기다리는 청년처럼 아버지 두 볼은 장미색으로 상기되었다. 그동안 한 번도 보여 주지 않았던 아버지의 모습이었다. 내 아버지가 아닌 것처럼 낯설었다.

"거기서 뭐 해요?"

해맑은 얼굴이 눈을 게슴츠레 뜨고 나를 응시했다.

"어, 막내네. 배고파 죽겠다!"

아버지가 휘청거렸다. 나는 아버지를 부축하면서 빌라 주민과 마주치기라도 할까 봐 조마조마했다.

"어울리지 않게…… 생화도 아니고 하필 조화를 들고……."

나는 아버지 손에 든 장미 조화를 빼내려고 했다. 아버지의 힘이 손가락 끝으로 몰렸다. 움켜쥔 장미 조화가 피할 수 없는 불가항력적인 세월을 비켜 나와 다시 청춘의 시간으로 역주행하는 오브제라도 되는 양. 아버지는 도저히 뒤집을 수 없는 자신의 처지를 인정하지 않으려는 듯 몸부림쳤다.

"회룡 댁에게 이것만 전해 주고 갈 거야."

"조 씨 만나려면 요양병원으로 가야 해요."

아버지 손이 바르르 흔들렸다. 나는 붉은 장미 조화를 조 씨 현관문 손잡이에 꽂아 두었다. 아버지는 계단을 내려오면서 자꾸 뒤돌아보았다. 아버지 몸에서 풍긴 악취 때문에 국밥집을 지나쳤다. 편의점에 들러 우유와 빵을 샀다. 아버지 수첩을 꺼내 조 씨 전화번호에 엑스 표를 그었다. 그래야만 될 것 같았다.

며칠째 눈이 내렸다. 오전 열 시쯤 되자, 형이 커다란 봉지를 들고 들어왔다. 아버지에게 입힐 새 옷을 사 왔다고 했다. 형은 봉지에서 흰털 외투와 흰털 스웨터, 기모가 두텁게 박힌 흰색 바지 한 벌, 두툼한 내의와 속옷, 털 부츠, 털모자, 털양말을 꺼냈다. 모두 흰색이었다. 아버지가 온몸에 흰색 털옷을 껴입는 모습이 떠올랐다. 북극에 사는 커다란 생명체가 생각나서 웃음이 터질 뻔했다.

"이게 다 뭐야?"

"아버지와 여행 가려고. 생각해 보니 장남인 내가 여태 아버지 모시고 여행 한 번 간 적 없었어."

"아버지가 잘 걸을 수 있겠어?"

"업을 거야."

"무거울 텐데."

"내가 다 알아서 해!"

"어디로 갈 건데?"

"흰 눈이 뒤덮인 아주 높은 산. 만년설이 쌓여 있는 에베레스트산으로 가려고 해."

"제정신이야?"

"신경 꺼! 내 마지막 버킷리스트니까."

형은 아버지의 덥수룩한 수염과 헝클어진 머리카락을 물끄러미 보다가 밖으로 나갔다. 내가 아버지 몸을 씻기는 동안 형은 미용사를 데리고 들어왔다. 형과 나는 아버지 양쪽 팔을 붙들어 하나, 둘, 허잇! 구령에 맞춰 의자에 앉혔다. 미용사는 아버지의 머리만 내놓고 몸을 커다란 보자기로 감쌌다. 미용사는 아버지 머리카락을 민첩하게 정리하고, 나는 면도칼로 수염을 밀었다.

미용사가 집을 나가자, 형은 신용카드 한 장을 내밀었다. 어디든 가서 한 이틀간 실컷 놀다가 들어오라며 내 등을 떠밀었다. 나는 형에게 쫓기다시피 집을 나왔다. 친구 몇 명에게 술을 마시자며 전화를 걸었다. 더러는 내 몸에 밴 구린내가 술맛을 떨어뜨린다며 농담처럼 말했다.

호프집에서 맥주를 주문하고 친구를 기다렸다. 형의 말에 자꾸 신경이 쓰였다. 아버지를 업고 에베레스트산으로 여행을? 말이 아니었다. 마지막 버킷리스트? 형은 자신의 의지를 단순하게 마감시킬 소심한 성격의 소유자가 아니었다. 가슴이 덜컥 내려앉았다. 호프집을 뛰쳐나왔다.

형이 아버지 방에서 아버지의 똥 묻은 옷을 뒤집어쓴 채 큰대자로 누워있었다. 아버지는 욕실에도, 내 방에도 없었다. 형을 마구 흔들었다.

"정신 차려! 왜 이래?"

형이 눈을 뜨더니 천천히 고개를 좌우로 돌리며 물었다.

"아버지는?"

"사라졌어."

형의 허리에 늘 매달려 있던 멍키 스패너가 방바닥에서 나뒹굴었다. 나는 멍키 스패너를 집어 들고 형 눈앞으로 내밀었다.

"무슨 짓을 한 거야?"

형이 일어나 앉으며 두 손으로 머리를 감쌌다.

"아버지에게 새 옷을 입히면서 여행 가자며 알아듣게 말했는데…… 멍키로 내 뒤통수를 후려치고는……."

형은 허둥지둥 지갑을 열더니 아버지와 형의 장례비조로 담아 뒀던 돈이 빠져나갔다고 했다.

"둘 다 미쳤군!"

나는 아버지의 수첩을 펼쳤다. 별표 두 번째 전화번호를 눌렀다. 없는 국번이라는 음성이 들렸다. 번호 앞에 엑스 표를 긋고 세 번째 번호를 눌렀다. 아버지 이름을 대자 전화가 뚝 끊겼다. 네 번째 번호를 눌렀다. 중년 여자의 목소리였다. 나는 항동 서 씨 전화번호가 맞느냐고 물으며 배달할 물품이 있다고 했다. 중년 여자는 B병원 장례식장이라서 물품은 시어머니 집 앞에 갖다 놓으라며 주소를 불러 주었다. 시어머니 발인이 내일이라고 했다.

조문객 인파 속에 아버지 모습은 보이지 않았다. 장례식장 주변에도 아버지는 없었다. 휴게실에 앉아 별표로 표시된 다섯 번째 전화번호를 눌렀다. 벨은 울렸으나 상대가 수신을 차단한 모양이었다. 형과 나는 장례식장 앞을 한동안 서성거렸다. 어느덧 해는 서쪽 하늘에서 모습을 감추었다.

"형, 아버지 어디에서 얼어 죽기라도 했으면 어쩌지?"

"쉽게 무너질 아버지 아니잖아. 혹여나 홀로 여행을 떠났더라도 목적지에 다다르면 반드시 재생하여 새 사람으로 태어날 거야. 쓸모없는 유리병도 파쇄하면 콘크리트로 재활용하는데 하물며 사람은 오죽하겠어."

형이 내 등을 어루만졌다.

"왜 그래 형! 어두워지기 전에 얼른 아버지 찾아야 해. 항동으로 가 봐야겠어."

나는 서 씨의 며느리가 불러준 주소를 내비에 입력했다. 항동은 장례식장에서 버스로 두 코스 구간에 있었다. 서 씨 집은 가파른 경사지에 위치한 반지하였다. 한 가닥 빛이 들어갈 만한 창문이 길옆으로 나 있었다. 창문에 손을 대니 곧장 문이 열렸다. 집 안에서 시베리아 벌판 같은 냉기가 흘러나왔다. 지하의 밤은 지상보다 먼저 찾아왔다. 가재도구는 아직 형체를 드러내고 있었다. 형이 집 안을 물끄러미 살피더니 나에게 손짓했다.

"저거 곰 맞지?"

온몸을 흰털로 감싼 곰 한 마리가 등을 돌린 채 웅크리고 앉아 있었다. 탈출구가 없던 철창에서 빠져나와 드디어 출구를 찾아 그 길과 대면하고 있는 듯한, 마침내 겨울 여행의 종착지에 이르러 암흑의 밤을 고요하게 맞이하는 듯한, 하지만 부르면 금방이라도 뒤돌아서서 우리를 공격할 것 같았다.

형이 얼른 창문을 닫으려고 했다. 나는 형의 팔을 창문에서 떼어 내며 곰을 곰곰이 살폈다. 곰 겨드랑이 사이에 붉은색 장미 조화가 설핏 보였다. 갑자기 내 양쪽 어깨 위로 육중한 짐이 덜컥 내려앉았다. 한 손으로 짓눌린 어깨를 부여잡고 한 손으로 수첩이 든 호주머니를 허둥지둥 더듬거렸다.

형의 손이 창문에 닿아 있었다. 그때 곰 등에서 털이 오르락내리락했다.

태풍의 집

사흘째다. 비가 실타래를 풀어놓은 듯 끝이 없이 흘러내렸다. 빗물은 사방으로 흩어지며 벌레처럼 꿈틀거렸다. 이모는 내내 브래지어 속에 손을 넣어 북북 긁어댔다. 후미진 자리에 K가 등을 돌리고 커피 두 잔을 시켜 놓고 앉아 있다. 가부키 배우처럼 짙은 화장을 한 마틸타가 그의 무릎을 베고 누웠다. 그가 마틸타 젖가슴으로 손을 밀어 넣으며 조심스레 홀을 살폈다. 홀에는 빈 테이블이 일곱 개 있고, 테이블마다 장미 한 송이가 오리 모가지 꽃병에서 손님을 기다고 있다. 그러나 손님은 오지 않고 시간만 무료하게 지나갔다.

나는 하릴없이 홀을 서성거리다가 지하 계단을 몇 번이고 오르내렸다. 손님이 많으면 몸이 고달프고 없으면 마음이 고됐다. 도로 건너편 스터디 다방에는 대학생으로 보이는 여자 둘과 남자 셋, 삼사십 대로 보이는 여자 넷이 앉아 있었다. 그곳에는 그런대로 홀이 찼다. 두 달 전, 상가 일 층 개미식당이 간판을 내리고 들어온 거였다. 스터디 다방은 프랜차이즈 커피 전문점 열풍 틈새로 복고풍 바람을 타고 들어온 옛날식으로 장식된 카페다. 책상 난로 칠판까지 교실을 그대로 재현해 놓았다. 젊은 사람들에겐 낯선 시간 여행을, 나이가 든 사람들에겐 추억 여행을, 뭐 그런 콘셉트인 모양이었다.

이곳 풀꽃 다방은 복고 바람에 슬쩍 숟가락을 얹은 옛날식 티켓다방이다. 불법 성매매를 단속한 지 수십여 년이 흘렀지만, 어느 곳이나 사각지대는 있었다. 물은 차면 어떤 형태로든 흘러넘쳐야 했다. 가끔 대학생들이 복고풍 카페인 줄 알고 들렀다가 집을 잘못 찾은 모양을 하고 다시 나가곤 했다. 스터디 다방과 풀꽃 다방은 그렇듯 애초에 물이 달랐다.

핸드폰에 벨이 울렸다. 이모가 튀어 오르듯 전화를 받았다. 그녀 얼굴에 생기가 돌았다.

"제니, 정 선생 집 저녁 일곱 시 티켓 하나!"

오늘 첫 콜이다. 매일 오후 두 시가 되면 다리를 절

뚝거리며 계단을 내려오던 정 선생이었다. 관절염이 도져서 풀꽃 다방에 걸음을 끊은 지 한 달이 됐다. 그는 전직 체육 교사로 한때는 내로라하는 유도선수였으나 췌장암에 시달리던 부인을 먼저 보내고 혼자된 지 이 년이 지났다. 정 선생은 매일 산책을 겸해 풀꽃 다방에 들렀다. 그저 사람 말소리나 듣자고 풀꽃 다방에 왔다고 했다. 변명치고 너무 속이 비쳐 나는 피식 웃었다. 커피 두 잔 값으로 종업원들 엉덩이나 만지려는, 주책없는 노인이 머쓱해서 하는 말이려니 생각했다. 그의 집으로 콜을 받은 건 오늘이 두 번째다. 처음 콜을 받은 건 두 달 전쯤이었다. 감기가 떨어지지 않아 일주일째 집에 붙들려 있다며 와서 사람 소리 좀 내 달라는 거였다.

저녁 일곱 시가 되려면 영업을 세 번은 갔다 오고도 남을 시간이다. 휴대폰 벨이 또 울렸다.

"제니, 여주 설렁탕 가게에 허 회장님이셔. 한 시까지 콜."

또 나를 찾는 콜이다. 탁 털어 버리고 어디든 홀 밖으로 뛰쳐나가고 싶은 마음이 솟구쳤다. 지구 밖으로 증발하고 싶기도 했다. 바람이 거세고 비가 내리는 날이면 내 단골들의 콜이 유독 많았다. 이모가 불곰에게 콜 있다며 문자를 보내자마자 불곰이 달려왔다. 나는 불곰과 풀꽃 다방을 나섰다.

빗줄기는 가늘어지다가 다시 굵어졌다.

허 회장은 푹신한 가죽 등받이가 있는 검은색 소파에 반쯤 파묻혀서 마비된 한쪽 팔을 가슴팍에 얹고 현관 쪽을 멍하니 바라보고 있었다. 탁자 위에는 사탕 껍질이 수북했다. 허 회장은 저 자세로 좋이 삼십 분은 기다렸을 것이다. 창문 너머로 여주 설렁탕 가게 간판이 바람에 흔들거렸다.

"하, 이 비바람에 오빠도 대단하셔. 오늘 같은 날에도 그게 생각나?"

"비 오는 날 부침개에 막걸리 땡기는 거나 같지 뭐, 청춘도 건강도 다 스러진 이 나이에 그것만 살아서 원……."

허 회장이 겸연쩍은 체하며 웃었다. 그러면서도 속마음은 자신이 대견한지 웃음 꼬리가 길었다. 입은 한쪽으로 쏠려 얼굴이 일그러졌다.

"할머니 알면 나 맞아 죽는 거 아냐?"

"걱정하지 마. 다 마누라 주머니에서 나온 돈이니까.

내 마누라는 몸에 손만 닿아도 질색을 하지. 누구는 마누라가 좋아해서 고민이라고 하던데, 이놈의 팔자라니."

허 회장은 오만 원짜리 지폐 넉 장을 바닥으로 휙 던졌다. 한 번도 돈을 그냥 주는 법이 없었다. 돈을 주고 나를 샀다는 걸 확실히 짚어 줬다. 나는 허 회장의 지갑을 낚아채 오만 원을 더 꺼냈다. 엿 같은 기분이 조금은 나아졌다.

허 회장이 지팡이로 내 등을 툭툭 쳤다. 시간 끌지 말고 시작하라는 신호였다. 나는 허 회장 앞에 앉아 등걸 같은 두 다리를 벌렸다. 그가 지팡이를 거꾸로 잡고 내 목덜미를 끌어당겼다. 지팡이는 목덜미를 타고 젖가슴 속으로 들어왔다. 바람이 빗줄기를 몰고 와서 창문에 쏟아 놓고 지나갔다.

허 회장의 손아귀에서 지팡이가 달그락달그락 마룻바닥을 긁었다. 설렁탕 가게 간판이 심하게 덜렁거렸다. 지팡이가 내 등을 거칠게 내리쳤다. 나는 욕실로 가서 손을 씻고 또 씻었다. 빗물 냄새에 헛구역질이 나왔다. 몸속 바람이 더는 물러설 곳이 없는 지점에 닿아, 나갈 방향을 잡지 못하고 안에서만 휘몰아쳤다. 헛구역질이 계속 나왔다.

피시방에서 만난 남자애들과 모여서 놀다가 그냥 아무하고 잤다. 무리 속을 벗어나 홀로 뒹굴 신세가 될까 봐 무서웠다. 그건 남자애들도 마찬가지였다. 집으로부터 혼자 떨어져 나왔기에 나와서는 뭉쳐 있으려 했다. 함께 있으면 덜 불안했고 덜 두려웠다. 불안해서 껴안고 두려워서 몸을 섞었다. 특별히 누구여야 할 필요는 없었다. 돈이 떨어지고 아이들이 하나둘씩 흩어질 무렵이었다. 찜질방에서 풀꽃 다방 사장을 만났다. "가족처럼 대해 주겠다." 그녀의 말이 성경의 복음처럼 끌렸다. 가족처럼, 그 한마디에 망설이지 않았다. 사장은 이제 한 가족이 되었으니 자신을 이모라 부르라고 했다.

이모는 숙식을 제공할뿐더러 손님들 옆에 앉아 있기만 하면 된다고 했다. 손님과 자야 한다고 말했어도 나는 별 거부감이 들지 않았을 거다. 남자애들과 자면서 돈을 받은 적은 없었다. 잤다고 무슨 특별한 관계로 발전한 적도 없었다. 섹스에 돈을 받고 안 받는 것이 무슨 의미가 있을까. 오히려 돈을 주는 게 맞겠다는 생각마저 들었다. 엄마가 식당에서 벌어 오는 돈을 빼앗고, 때리고, 거기다 울부짖는 엄마를 누르고 욕심을 채우면서도 한 번도 돈을 내지 않던 아버지를 생각하면. 아버지 뒤치다꺼리나 하면서 매 맞는 엄마가 때리는 아빠보다 더 싫었다. 바보처럼 맞지 말고 차라리 도망을 쳐! 밤을 꼬박 새우며 신음하는 엄마에게 되레 화를 냈다. 맞서 싸울 엄두가 나지 않으면 그 자리를 피하기라도 해야지. 아버지의 주먹을 고스란히 받는 엄마의 고집은 누구를 위한 인내도 희생도 아니었다. 자기 학대의 다른 표현이었다. 나는 손을 잡고 흐느끼는 엄마를 뿌리쳤다. 막다른 골목이었다.

비가 점점 세차게 쏟아졌다.

허 회장 집 맞은편 놀이터 앞에서 코란도가 비를 맞으며 기다리고 있었다. 물보라에 눈앞이 흐렸지만, 운전석에 앉아 있는 불곰의 눈에 시시티브이는 여전히 작동 중이었다. 이모가 불곰을 동생이라 하니 나에게는 저절로 삼촌이 되었다. 사십 대 중반인 불곰 삼촌은 체격이 그야말로 불곰처럼 우람하다. 턱밑에 사선으로 그어진 칼자국은 날 선 칼이 꽂혀 있는 것처럼 보였다. 그는 먹잇감을 찾아다니는 불곰처럼 밤낮없이 룸메이트들의 뒤를 따라다녔다. 코란도 유리문이 내려지면서 담배 연기가 흘러나왔다. 차에 오른 나는 불곰에게 이십만 원을 건넸다.

“이게 다야?”

“칫, 찌질이 영감이 더 얹어 준 적 있었어? 다 알면서 그래.”

나는 침을 모아 차장 너머로 힘껏 뱉었다. 불곰이 껍질을 벗긴 껌을 내 입에 밀어 넣었다. 그의 굵은 손가락이 따라 들어왔다.

“한 번 할래?”

대답 대신 그의 손가락을 세게 물었다.

“어쭈구리, 이 가시나가!”

불곰이 자동차 문을 잠그고 조수석으로 넘어왔다. 허 회장 티켓이 끝나면 늘 그렇듯 집적댔다. 아랫도리로 손님을 치르지 않았다는 걸 알고 남이 차려놓은 밥상에 공짜로 배를 채우겠다는 꼴이었다. 허 회장이 아니었으면 어차피 벗어야 했을 팬티라 생각하고 그런 거였다.

“제기랄, 이러지 마. 정말 지긋지긋해서 못 해 먹겠어.”

“한 발짝이라도 움직였다가는 쥐도 새도 모르게 확

파묻어 버릴 수 있어.”

“차라리 죽여!”

말이 채 끝나기도 전에 불곰의 손바닥이 내 뺨에 올라붙었다. 눈에서 별이 튀어 나갔고, 그의 손목에서는 쇠사슬처럼 엮인 금팔찌가 요동쳤다.

“너 하나쯤 못 죽여서 뒤를 따라붙는 줄 아나! 몸값은 건져야 할 거 아냐. 장기라도 팔아서 돈을 내놓든지.”

비를 피해 날아든 갈색 나방이 닫힌 유리문에 매달려 파닥거렸다.

불곰이 담배에 불을 붙이고 자동차 시동을 켰다. 은행나무가 늘어선 도로에 교복을 입은 여고생 둘이 걸어가고 있었다. 나는 그녀들에게서 시선을 떼지 않았다. 고등학교 2학년이 끝이었다. ‘하, 이제는 돌이킬 수 없게 됐어!’ 작게 혼잣말을 하자 목이 꽉 막혀 왔다. 불곰이 나를 힐끔 쳐다보더니, 유리문에서 나갈 틈을 찾는 갈색 나방을 손바닥으로 내리치고 사체를 창밖으로 내던졌다. 불곰이 콧노래를 불렀다. 코란도가 여학생들을 앞질러 달렸다.

불곰은 나에게 받은 돈 이십만 원을 이모에게 건넸다. 마틸타는 아직도 구석진 자리에서 K의 무릎에 머리를 베고 누워 있었다. 마틸타는 손님들과 말 따먹기 놀이를 하면서 하루를 보낸다. 언제부턴가 주방에서 커피를 내리다가 홀에서 부르면 손님들의 손장난을 받아 주고 잔돈이나 챙기는 신세가 되었다. 그녀의 젖가슴은 커피 두 잔 값이다. 이제는 술살이 올라 티켓을 나갈 수도 없었다. 오 년 전 초등학생인 두 아들을 두고 한국으로 온 마틸타는 손님들과 말 따먹기 놀이만큼은 지지 않았다. 흐린 날이면 그녀의 과거사는 끝없이 흘러나왔다.

K는 불곰이 나타나자 자리에서 일어나 다방 문을 나섰다. 마틸타는 그를 배웅하고 주방으로 들어갔다. 심심하다며 이모가 화투판을 폈다. 다방을 나가려던 불곰과 주방에 있던 마틸타가 테이블로 돌아와 화투판 앞에 앉았다.

나는 화투판 옆에서 화장이 번진 얼굴에 파우더를 덧발랐다. 티브이에서 연일 태풍이 온다는 속보가 나오고 있었다. 몇 년 전에 전국을 쑥대밭으로 만들었던 매미보다 센 태풍이라고 했다. 태풍 이름은 '솔릭'

이다. 제주도 방파제가 있는 선착장이 화면에 잡혔다. 파도는 희끗희끗 부서질 뿐 폭풍전야 바다는 아직 평화로웠다.

"쌌네, 쌌어! 똥을 쌌어."

불곰이 화투장을 판에다 던졌다. 불곰은 바가지를 썼고, 이모는 피박을 면했다며 좋아했다. 그녀는 담배를 입에 물고 라이터를 찾았다. 내가 불곰의 손에 들린 화투장을 들여다보았다. 불곰이 새삼스럽게 내 나이를 물었다. 나는 불곰의 말을 무시하고 현관문을 바라봤다. 스물넷? 다섯? 그가 혼잣말로 중얼거리며 고개를 갸우뚱거렸다. 풀꽃 다방에 처음 발을 디뎠을 때, 이모는 아무에게도 나이를 밝히지 말라고 단단히 일러 주면서 유진인 내 이름을 제니로 바꿔 불렀다. 그녀가 눈을 과장되게 치떴다.

"제니, 올해 스물하나야."

언젠가 그녀가 지나친 말로 내 나이를 물어서 슬쩍 대답했던 적이 있었다.

"아이구! 미스 제니하고 연애하긴 글렀네. 영계 중에도 상 영계네."

불곰이 능청을 떨며 다시 말을 이었다.

"이 바닥에선 보기 드문 삐가리군."

불곰이 내 엉덩이를 힐끔거리자 마틸타가 거들고 나섰다.

"마음에 들면 너도 표 사세요."

"흠흠, 풋풋하다고 다 좋은 건 아니야. 너무 풋풋해도 떫은맛이 나."

불곰은 고개를 흔들며 나 같은 여자는 아예 눈에 들지 않는다는 표정을 지었다.

나는 티브이 화면으로 눈을 돌리며 외쳤다.

"개새끼다!"

불곰의 눈꺼풀이 흔들렸다. 이모는 나를 불러 술상을 봐 오라고 했다. 나는 쟁반에 맥주와 마른안주를 담아 테이블에 올려놓았다. 이모는 다 타고 필터만 남은 꽁초를 재떨이에 대고 짓이겼다.

"죽도록 일해 봤자 짜바리에게 쥐여 주고 나면 빈손이야."

불곰의 나쁜 손이 내 허리를 감았다.

"손님이 없으니 우리끼리라도 한잔해야지. 안 그래, 제니?"

나는 불곰의 손을 후려치고 자리를 옮겼다. 마틸타

가 불곰 옆으로 바짝 다가서 앉았다. 평소 풀꽃 다방은 밤 아홉 시까지 커피를 팔고 그 이후엔 술을 팔지만, 단골에게는 낮에도 슬쩍 술병을 내놓았다. 나와 이모, 마틸타는 술손님 비위를 맞추었다. 손님의 대부분은 일 없이 하루를 배회하는 노인이나 재래시장 상인이다. 술집에서는 비싼 술값에다가 팁까지 줘야 하지만, 풀꽃 다방에서는 커피 두 잔이나, 맥주 두 잔만으로도 여종업원의 가슴은 만질 수 있다. 가끔 팬티 속으로 손을 밀어 넣는 손님도 있었다. 그럴 때면 이모가 표를 끊으라고 넌지시 권했다. 간간이 자판기 커피 두고 여기까지 오는데 너무 빡빡하게 군다며 행패를 부리는 손님도 있었다. 그럴 때마다 그녀는 불곰을 불렀다. 소란했던 홀은 불곰의 얼굴만 보여도 잠잠해졌다.

불곰은 오후 네 시가 되자, 숙소를 점검하러 풀꽃 다방을 나갔다. 숙소에는 밤일을 하고 와서 아직 자고 있을 룸메이트들이 있었다. 마틸타는 주방으로 갔다. 그녀가 한쪽 귀퉁이에서 두 아들과 영상 통화를 마치고 나서 훌쩍였다.

"또, 또 짜냐? 틈만 나면 질질거리고 지랄이야. 그럴

바엔 두 아들 대학교까지 보내려는 거 다 포기하고 돌아가. 그렇게 청승 떨면 뭐가 달라지냐고? 그럴 시간에 몸 만들어서 티켓 한 개라도 더 받든가!"

나는 괜한 짜증이 치밀어 올라 마틸타에게 터트렸다. 명치끝이 아렸다. 허 회장의 집에서 나와 은행나무 가로수 길을 지날 때부터였다. 마틸타는 막힌 코를 휙 풀면서 자리에서 일어났다. 카운터에서 이모가 나를 불렀다.

그녀는 허 회장이 팁으로 준 이십만 원 중 십만 원을 내 몫으로 내밀었다.

"빚은 돈이 손에 들어왔을 때 바로 갚아야지 자꾸 굴리다가는 눈덩이처럼 커지는 거 알지?"

그녀는 내 손에 있는 돈을 다시 낚아챘다. 채권 장부에다 십만 원을 적고, 얇은 뿔도장을 꾹꾹 눌렀다.

빚이 줄어들면 그녀는 또 나를 끌고 백화점을 돌아다닐 것이다. 옷과 화장품을 사고 그녀의 카드를 긁고. 그녀는 돈을 벌려면 치장에도 신경을 써야 하는 게 이쪽 일이라며 직장 선배처럼 다독였다. 빚은 늘 제자리였다. 많이 갚든 적게 갚든 쇼핑을 하든 안 하든. 그녀가 잘 조정한 탓이다. 그녀는 그렇게 믿었다. 그런 그녀를 나는 모른 체했다. 갚아야 할 빚 때문에 어쩔 수 없이 여기에 있다는 게 기분이 나쁘지만은 않았다. 빚을 갚을 때까지만 있을 거라는 거짓 희망에 위안을 느끼곤 했다. 그녀에게 진 빚은 스스로 거는 최면이었다. 되돌아가기엔 너무 멀리 왔다는 절망감, 어디로 돌아가야 할지 모르는 막막함에 나는 더 깊은 수렁 속으로 기꺼이 빠져들었다.

나는 화장실로 갔다. 양말 속에서 허 노인에게 받아낸 팁을 꺼냈다. 손을 씻고 또 씻었다. 물소리가 막힌 가슴을 시원하게 쓸어내렸다.

이모가 핸드폰을 귀에 바짝 대고 누군가와 소곤거렸다.

"지금 한가한 시간인데 제니를 보낼까요?"

그녀는 나를 불러 놓고 고양이처럼 두 눈을 지그시 감았다. 내게 콜이 많이 들어오면 보내는 표정이었다.

"세림 주유소 사장님 댁이야."

비가 오면 유독 세림이 나를 찾았다. 내 단골은 이십 대 뇌성마비 환자인 세림과 삼십 대 자폐 환자 둘, 스물일곱 살 하반신 마비 장애인, 척추 장애가 있는 사십 대와 오십 대, 팔십 대 중풍 환자 허 회장이었다.

양동이로 물을 들이붓듯 비가 쏟아졌다.

현관에 들어서자 흰색 몰티즈가 뛰어와 꼬리를 흔들었다. 나는 몰티즈를 끌어안고 세림 엄마를 향해 꾸벅 머리를 숙였다. 언제나 그렇듯 그녀는 내 시선을 피하며 흰 봉투를 내밀었다. 나를 배려해서라기보다 스스로 화대라는 느낌을 지우고 싶은 것 같았다. 매번 업무 경비를 받는 느낌이다. 아무래도 상관없다. 서로 안부를 물으며 돈을 주고받는 건 더 어색한 일이니까. 나는 적당히 시선을 피한 채 세림의 방문을 열었다.

세림이 고개를 젖히고 휠체어에 앉아 있었다. 그는 걸음도 제대로 걷지 못할뿐더러 양손마저 쓰지 못한다. 그가 고개를 들어 나를 바라보는 적은 한 번도 없었다. 불과 몇 주 사이에 몸이 더 야위었다. 세림을 침대 위로 눕히려고 그의 손을 잡아당겼다. 그가 휠체어에 몸을 의지한 채 일어나려 하지 않았다. 돌아간 입을 닫지 못하고 한쪽으로 기울은 그의 자세가 위태로웠다.

그는 눕고 싶은 마음이 없는 듯했다. 그냥 나오려다가 나는 일그러진 불곰의 낯빛을 떠올렸다. 망설일 여지가 없었다. 휠체어 앞에 쪼그리고 앉아 그의 바지를 내렸다. 그의 무릎과 엉덩이는 뼈만 앙상하게 두드러졌다. 그가 내 손을 피하려고 휠체어를 좌우로 움직였다. 휠체어에서 노란 방석이 바닥으로 떨어져 내렸다. 솜이 꺼진 방석은 수명을 다한 듯했다.

"내가 예전 여자보다 못해서 그래?"

그가 손사래를 쳤다.

"여자…… 어 없었어."

"그럼 내가 오기 전에는 누가 해 줬어?"

"어 엄마가. 이런 일까지 하게 해서 미 미안해……."

숨소리보다 작은 말이었다. 눅눅한 공기에 기분까지 후덥지근했다. 고개를 들지 못한 그의 얼굴이 귓불까지 벌겋게 달아올랐다. 젖혀진 고개가 더욱 바닥으로 처졌다. 방문 밖에서 몰티즈가 문짝을 긁었다. 나는 도구에 젤을 발랐다. 그가 눈을 감았다. 그의 입에서 미안하다는 말이 계속 흘러나왔다.

나는 남자애들과 한방에서 뒹굴 때도 부끄러움 같은 건 없었다. 나와 잔 남자애들이 걸레 같은 년, 전국구 냄비라고 떠들었을 때도 맞서서 욕을 해 댔을 뿐 그게 부끄러운 일이라거나 스스로 상처가 되진 않았다. 모든 것이 부당했고, 모든 게 상처여서 악만 남았던 때였다. 자기 자신에게 미안하다는 건, 그러지 말아야 한다는 선을 그을 수 있는 사람만이 할 수 있는 거였다. 나는 넘어서는 안 될 선, 그런 게 없었다. 모든 게 선을 넘어 버렸다. 아빠도, 엄마도, 그리고 나도. 두 눈이 저절로 감겼다.

나는 블라우스 단추를 풀었다. 그의 목이 어깨너머로 더 돌아갔다. 나는 도구를 내려놓고, 그의 뒤틀린 손을 당겨와 내 가슴 속으로 밀어 넣었다. 그러고는 그의 얼굴을 끌어안았다. 그가 별 저항 없이 품속으로 안겨 들었다. 나를 떠받치며 버티는 그의 휘어진 다리가 부들부들 떨었다. 갓난아기를 다루는 엄마처럼 그의 머리를, 등을 조심스럽게 쓰다듬었다. 누군가를 마음으로 안아 보는 건 처음이었다. 그의 떨림이 잦아들었다. 오랫동안 우리는 그렇게 서로 쓰다듬어 주었다. 그의 숨소리가 고요하고 가늘게 흘러나왔다.

몰티즈가 방문 밖에서 낑낑댔다. 문을 열어 주자 꼬리를 흔들며 들어와 그에게 뛰어들었다. 몰티즈는 휠체어 옆에 등을 대고 누워서 네 다리를 꼬부려 애교를 떨었다. 창문을 열자 바람이 들어왔다. 세림이 창 쪽으로 휠체어를 돌리고 창밖을 바라보았다. 강아지가 앞다리에 머리를 괴고 조는 듯 눈을 끔벅거렸다.

나는 방바닥에 뒹구는 노란 방석을 집어 그의 엉덩이 밑으로 넣어 주었다. 내려앉은 방석 때문에 그의 자세가 더 불안해 보였다.

화대로 받은 봉투를 들고 그의 방을 나왔다.

돈을 운전석에 있는 불곰의 무릎 위에 던졌다. 불곰이 봉투 입구를 벌려 눈으로 돈을 헤아렸다. 놈의 손이 또 내 허벅지를 주물럭거렸다.

"제기랄, 이쪽으로 넘어오기만 해봐, 죽여 버릴 거야!"

"에계계, 어이구 무서워라."

가랑비가 어느 곳에 떨어져야 할지 방향을 잡지 못하고 흩날렸다.

저녁 아홉 시가 지났는데도 전화벨은 울리지 않고, 손님은 그림자도 나타나지 않았다. 정 선생의 집으로 영업을 나가려면 한 시간이나 남았다. 이모는 태풍이 지나가야 일할 수 있을 것 같다며 전기라도 절약하자고 했다. 다방에서 아파트까지는 걸어서 십 분 거리지만, 나와 마틸타는 그녀의 자동차를 탔다. 그녀는 1405호로 들어갔고, 나와 마틸타는 현관 천장에 카메라가 달린 1505호로 돌아왔다.

숙소에는 밤 영업을 나가지 못한 룸메이트들이 불곰과 드라마를 보고 있었다. 불곰의 눈동자가 퀭했다. 이모가 파티나 하자며 맥주와 마른안주를 가지고 들어왔다. 술판이 벌어지자, 불곰이 시계를 보며 내게 눈짓했다. 나는 자리에서 일어나 불곰을 따라나섰다.

한 달을 못 본 사이에 정 선생의 얼굴이 눈에 띄게 핼쑥해졌다. 말끔하게 빗어 넘긴 흰 머리카락이 번들거리는 두피를 겨우 가렸다. 티브이 소리가 넓은 집안을 메우고 있었다. 솔릭은 남해안까지 상륙했고 태풍 시마론이 일본 열도를 강타하고 있다고 했다. 두 개의 태풍이 교차하니 솔릭의 속도가 느려져서 우리나라에 머물 시간이 길어질 거라는 예고였다. 핸드폰에서 몇 번이고 재난 안전 문자 경고음이 울렸다. 정 선생이 티브이 볼륨을 낮췄다.

"어렵게 잠이 들었다가도 금방 깨곤 해. 말동무나 하려고 제니를 불렀어."

"양파즙을 먹어 봐. 불면증에는 최고라던데……."

"먹어 봤지. 양파를 코에 넣기까지 해 봤는데도 소용없어."

베란다 유리문이 바람에 흔들렸다. 정 선생이 베란다로 나가 창문을 걸어 잠갔다. 바람이 유리창 문을 부수고 들어올 것처럼 거세졌다. 정 선생이 유리창에 투명 접착테이프를 브이 자로 붙이고 문틈에 신문지를 말아 고정했다. 흔들거리던 문이 이내 잠잠해졌다.

정 선생이 거실 장식장에 달린 협탁 서랍을 열었다. 서랍에는 겉봉이 뜯긴 편지 몇 통과 누런 서류봉투 몇 개, 오만 원짜리 지폐 네 다발이 들어 있었다.

"오빠, 돈을 왜 보이는 곳에 두고 그래? 훔쳐 가면 어쩌려고."

"버려진 폐차에 쓰다 남은 휘발유 누가 퍼 간들 무슨 상관이겠냐. 죽을 때 갖고 갈 수도 없는 물건인데 뭘. 돈, 너 주랴?"

"헐, 꼭 죽으러 가는 사람처럼 왜 그래?"

정 선생이 말없이 내 얼굴을 들여다봤다. 그러고는 서랍에서 편지 봉투를 꺼냈다.

"아들이야. 캐나다에 이민 간 지 꽤 됐어. 일 년에 한두 번은 이렇게 편지를 보내와."

"구렸네. 전화기 놔두고 왜 편지를 써. 아들은 안 와?"

"내가 살아 있는 동안은 못 올 거야. 혹시 내게 무슨 일 생기면 여기로 연락해 줄래?"

"왜 자꾸 그런 말을 해. 친척은 없어?"

정 선생은 쓸쓸한 미소를 지을 뿐 더는 말이 없었다. 겉봉투에는 아들의 주소가 영어로 적혀 있었다. 그가 돈다발을 내밀었다. 돈다발이 손으로 쑥 들어오자 나도 모르게 팔을 뒤로 젖혔다.

"받아, 나 돈 많어. 네가 해 보고 싶은 일을 해."

"지금 순정 드라마 찍자는 거야? 다 죽어 가는 노인이 돈뭉치 던져 주고 자기만족에 빠지는 뻔한 스토리. 받는 사람 입장 따윈 안중에도 없는."

이런 분위기는 밥맛이었다. 괜히 폼을 재고 진지한 척하는 건 딱 질색이다. 손님 중에 가끔 그런 종자들이 있었다. 그냥 분위기에 따라 한 번 그래 보고 싶은 것일 뿐이었는데, 덩달아 분위기를 잡다가 우스운 꼴난 적이 한두 번이 아니었다. 이쪽 밥 먹은 게 얼만데! 나는 목소리 톤을 치올렸다.

"나도 순정 드라마 한 번 찍어 볼까?"

나는 목소리를 어느 드라마 여주인공처럼 바꿔 촉촉한 어조로 내뱉었다.

"돈 필요 없어요……. 제가 꼭 해 보고 싶은 건 하얀 눈으로 온몸을 감싸고 눈사람처럼 서 있는 거예요. 나 같은 몸이 하얀 눈이라니요. 말이 안 되는 꿈이죠……. 어때, 우습지? 드라마는 드라마야."

나는 애써 장난으로 눙쳤다. 그러면서도 그의 말이 괜히 마음을 떠보기 위해 그냥 던져 보는 농담이 아니라는 생각이 들었다. 가슴 한곳이 먹먹해졌다. 돈을 서랍에 도로 밀어 넣었다. 정 선생이 그런 나를 물끄러미 쳐다봤다. 무엇을 하고 싶었을까. 내 머릿속은 그 생각뿐이었다. 나는 괜히 탁자를 정리하고 소파 위에 방석을 정리하며 허둥대고 있었다.

잠자리에 들려는지 그가 침대로 들어갔다.

"나갈 때 전등과 티브이는 끄지 말고 그냥 둬. 잠들 때까지 곁에 있어 줄 거지?"

가슴에 두 손을 가지런히 올리고 잠을 청하고 있는 그의 모습이 깃털이 빠져 버린 수탉 같았다. 정 선생의 숨소리가 점점 작아졌다. 수면제 기운이 돌기 시작한 모양이었다. 전등과 티브이를 켜 둔 채 그곳을 나왔다.

불곰과 숙소로 돌아왔을 때는 자정이었다. 숙소에선 여태껏 술판이 이어졌다. 마틸타가 또 훌쩍였다. 취기가 오르면 매번 나오는 그녀의 술버릇이다.

“필리핀에서 처음 왔을 때 얼짱이라며 좋아했던 넘들이 씨발, 술살이 오르니 다른 여자를 찾았어요. 돈이고 뭐고, 이제는 아이들에게 돌아가야겠어요.”

대학 중퇴녀가 마틸타의 등을 토닥였다. 중퇴녀는 풀꽃 다방을 스스로 찾아와 몸값으로 사천만 원을 받았다. 대학 친구들과 술을 마시고 새벽길을 가다가 강간을 당해 억울하고 괴로워서 가출했다고 했다. 그녀는 노래방 티켓을 주로 나갔으며 스폰서가 원할 때 잠만 자도 기본은 했다. 세상이 다 그렇지만 이 바닥에서도 예쁜 여자가 갑이다. 중퇴녀는 이 일을 하면서 사고 싶은 거 마음대로 살 수 있어 좋고, 자신 속에 흐르는 끼 때문에 그만둘 수도 없다고 했다. 그녀 눈가도 촉촉했다.

이모의 입에서는 담배 연기가 길게 흘러나왔다.

“서른에 남편을 간암으로 보냈지 뭐야. 남편 없이 혼자 살아갈 생각을 하니 무서웠지. 그때 어떤 놈이 죽기로 달라붙었어. 나는 그 남자라면 다시 시작해도 될 것 같았는데 그놈이 노름에 빠져서 돈을 탕진하자 나를 술집에 넘겨 버렸어. 죽일 놈…… 나는 산전수전 공중전까지 다 겪고 이 자리에 있는 거야. 그래도 운이 좋은 편이었지."

그녀는 피우다 만 담배를 재떨이에 짓이겼다. 룸메이트들은 마치 자기가 세상의 짐을 혼자 짊어진 것처럼 비통한 모습에 젖어 있었다.

"지랄들 하네! 누구는 열나게 일하고 오는데 어디서 팔자 타령을 하고 있어?"

나는 거실을 가로질러 방으로 들어가며 괜하게 소리 질렀다. 여느 때 같으면 늦은 합류를 아쉬워하며 술판에 끼었을 것이다. 술병을 발로 이리저리 밀어내며 틈을 비집고 들어가 부어라 마셔라 할 판이었다. 이모가 내 손을 붙잡고 소주잔을 건넸다. 불곰은 내 백을 자신의 어깨에 걸치고 내 입에 맥주를 밀어 넣었다. 맥주는 보리 알레르기가 있어 마시면 안 되는 술이었다. 훅, 짜증이 밀려왔다.

나는 방에 들어가 그대로 자리에 누웠다. 별 모양 야광 스티커를 붙여 놓은 천장이 눈에 들어왔다. 새삼스레 천장이 참 낮다는 생각이 들었다. 아파트 천장이 이렇게 낮은 줄은 몰랐다. 닭을 가득 실은 트럭과 횡단보도에서 나란히 서 있은 적이 있었다. 닭은 아파트처럼 층층이 짜인 철창 밖으로 모가지를 빼고 앉아 작은 눈을 껌벅거리고 있었다. 녀석들은 왜 꼼짝없이 갇혔는지, 어디로 가고 있는지 알고 있었을까. 닭들의 눈이 떠올랐다. 가슴이 답답하고 숨이 막혔다.

'미안해'라고 말하며 나를 껴안고 부들부들 떨었던 세림의 두 다리가 천장에서 빙글빙글 돌았다. 목이 가렵더니 정신이 흐려졌다.

낯설지 않은 손이 내 몸을 더듬고 있었다. 기분 나쁜 체취, 거친 손길, 묵중한 체중과 찢어질 듯한 불쾌감이 희미하게 느껴졌다. 기분이 엿 같았다.

새벽 다섯 시경에 눈을 떴다. 내가 알몸으로 누워 있었다. 옷을 주워 입고 다시 잠을 청했지만 잠이 들지 않았다. 사방으로 둘러싸인 검은 벽이 조금씩 제 모양을 드러냈다. 창문이 흔들렸다. 바람이 어젯밤보다 드세게 불었다.

날이 밝자 불곰과 이모가 숙소로 왔다. 나는 불곰을

째려봤다. 짓밟아도 가만히 있는 건 참는 것이 아니다. 갚을 기회를 노리는 것이었다. 불곰이 눈을 부라렸다. 마틸타는 밤새 토하다가 잠이 들었다며 일어나지 못했다. 나와 이모와 불곰은 평소보다 한 시간 일찍 집을 나왔다.

비가 멎자 바람이 거리를 난장판으로 만들었다. 나뭇잎이 흩날리고 가지에 붙어 있는 삭정이가 떨어졌다. 지난밤 폭우는 곳곳이 숨어 있는 쓰레기들을 도시 한복판으로 끌어냈다. 황토물이 다방 안까지 밀고 들어가고 있었다. 윗동네에서 도로에 있는 맨홀 뚜껑이 열렸다고 했다. 그녀는 일 층에 있는 두꺼비집 스위치부터 내렸다. 그리고는 누구에게랄 것도 없는 혼잣말을 다 들으란 듯 큰 소리로 내질렀다.

"일단 쓰레기부터 걷어 내고 물을 퍼내야겠어. 태풍이 지나가면 그만 풀꽃 다방 문 내리자. 이 짓도 못 해 먹겠어."

"그만두면 뭐 하게?"

불곰이 커다란 눈을 굴렸다.

"레스토랑이나 하지 뭐."

"레스토랑이라고 쉬운 줄 알아?"

"차차 생각하고, 어디 가서 양수기부터 빌려 와."

이모 핸드폰에서 벨이 울렸다. 그녀는 전화를 받고 얼굴이 노랗게 변했다. 친정집 뒷산이 폭우에 무너졌다고 했다. 뒷일을 불곰에게 맡기고 급하게 주차장 쪽으로 뛰어나갔다.

조금 있으니 구청 직원이 모래주머니를 싣고 와서 다방 입구를 막았다. 그제야 밀려드는 물살이 방향을 틀었다. 간신히 급물살을 피한 다방은 입구에서부터 곰팡내가 숨 쉴 수 없을 정도로 풍겼다. 무릎 정도까지 차 있는 흙탕물에 갈 곳을 잃은 쓰레기들이 뒤엉켜 있었다. 플라스틱 조각, 집을 잃은 가재도구, 스티로폼, 이 많은 것들이 어디서 몰려들었을까.

불곰이 윗옷을 벗어 나에게 건넸다. 그는 바지를 걷어 올리고 악취가 나는 구정물 속으로 천천히 들어갔다. 나는 입구에서 그를 기다렸다. 급물살은 다방 입구까지 몰려왔으나 쌓아 둔 모래주머니의 벽을 넘지 않았다. 방향을 튼 물줄기는 다른 종착지를 향해서 도망치듯 흘러내려 갔다.

나는 머뭇거림 없이 달아나는 급물살의 행렬을 멍하니 바라봤다.

'하고 싶었던 게 뭐였을까? 그냥 무조건 도망치고 싶었던 거 말고. 나를 낳아 준 사람들에게 보란 듯이 망가지고 싶었던 것 말고. 엄마를 때리던 아버지를 죽이고 싶었던 것 말고…….'

불곰의 윗도리 주머니에서 문자 신호음이 들렸다. 이모에게서 온 문자였다. 폰을 들고 몇 계단을 내려갔다. 불곰은 구정물 속에 떠다니는 쓰레기들을 한쪽으로 모으고 있었다. '뭘 하고 싶었을까?' 그 생각이 머릿속을 떠나지 않았다. 불곰은 돌아보지 않았다. 다시 계단을 올라가려는데 쇠창살로 된 지하 현관의 덧문이 눈에 띄었다. 자물쇠통에 키가 그대로 꽂혀 있었다.

나는 쇠문을 살며시 닫았다. 천천히 양쪽 문고리에 쇠사슬을 걸고 자물쇠를 채웠다. 쇠사슬 소리에 불곰이 뒤를 돌아봤다. 나는 얼른 계단을 올라와 다방 입구에 쌓여 있는 모래주머니를 걷어냈다. 갈 곳을 찾지 못하고 모여 있던 물살이 계단을 타고 지하 다방으로 순식간에 몰려 들어갔다. 계단 입구에 있는 알루미늄 셔터를 힘껏 내렸다. 불곰 핸드폰에서 문자 신호음이 다시 울렸다. 폰을 도로 위로 힘껏 내던졌다. 불곰의 핸드폰이 거센 물살에 쓸려가고 있었다.

불곰이 나를 부르는 소리가 귓속에서 맴돌았다. 여주 설렁탕 앞을 지날 때, 허 회장이 휠체어를 타고 아내와 함께 카운터에서 티브이를 보고 있었다. 허 회장은 아내가 움직이는 곳마다 휠체어를 밀며 따라다녔다. 혼자 사는 정 선생보다 중풍 환자인 허 회장이 오히려 얼굴에 윤기가 돌았다. 티브이 화면에 태풍 솔릭과 시므론의 진로가 인공위성 영상으로 비쳤다. 두 개의 태풍이 인접하면서 서로의 진로와 세력에 영향을 미쳐 강한 태풍이 약한 태풍을 삼킬 수 있다는 보도가 들렸다.

여주 설렁탕 앞에서 택시를 기다렸다. 인도로 지나가는 사람은 보이지 않았다. 도로 맞은편에 다이소가 보였다. 가게 주인이 물건을 진열하고 있었다. 가게 안에 솜이 두툼한 방석이 보였다. 푹 꺼져 있던 세림의 낡은 방석이 떠올랐다. 나는 다이소에 들러 솜이 두툼한 노란 방석을 사서 택시를 잡았다. 차창 밖으로 쓰레기들이 흩날렸다. 바람이 거세지면 비는 잠시 멎었다가, 바람이 약해진 틈을 타서 다시 뿌렸다.

숙소에 들어서자 거실 바닥에 발 디딜 틈이 없었다. 마틸타와 룸메이트들이 거실 바닥에서 얼기설기 자고 있었다. 마틸타의 눈 밑에는 아이라이너가 퍼져 아래 위로 눈이 하나 더 생겼다. 마신 술만큼 쏟은 눈물 탓일 게다. 한쪽 볼엔 사진까지 붙이고 있었다. 나는 사진을 떼어 내어 한동안 시선을 거기에 뒀다. 이제는 중학생이 되어 교복을 입고 서 있는 두 아들의 미소가 해맑았다. 마틸타를 깨우려다 그냥 뒀다. 코 고는 소리가 아직 깊었다. 방으로 돌아와 젖은 옷을 갈아입고 캐리어를 꺼냈다.

창밖으로 모래 자루를 메고 가는 사람들의 걸음이 바빴다. 사이렌이 울렸다. 천둥소리가 나고, 두 줄기 빛이 번쩍였다. 아파트 입구의 정원수가 넘어졌다. 바람이 굴착기처럼 온 땅을 파낼 것만 같았다. 한 손으로 캐리어를 끌고 비닐봉지에 싼 노란 방석을 품에 안았다. 굵은 빗줄기가 사정없이 눈앞을 막았다. 나는 장대비를 헤치며, 앞으로 걸어 나갔다.

검은색 스키니진

갑판 한쪽에 갖가지 스키니진과 옷가지들이 뒤숭숭하게 쌓여 있었다. 옷더미는 어부가 쳐 놓은 그물망에 포획된 열대어 같았다. 바닷바람이 몰아칠 때마다 각양각색의 옷깃은 갯물을 품은 허공에 입을 벌리며 아가미를 들썩거렸다. 해진 나무판자 틈새로 바닷물이 빠르게 흘러들었다. 바닷물은 어느덧 그의 발목을 지나 무릎까지 다가왔다. 테리의 옷더미가 바닷물에 잠기고 있었다. 물이 차오르자, 옷더미는 지느러미를 펴고 바다로 뛰어들 준비를 하며 일렁거리기 시작했다.

그는 바가지를 들고 바닷물을 갑판 밖으로 쉬지 않고 퍼냈다. 낚싯배는 점점 소용돌이 중심부를 향해 떠밀려 갔다. 그는 물 퍼내는 일을 멈추고 다급하게 노를 바다에 던졌다. 기다란 나무 노에 힘을 실으며 뱃

머리를 소용돌이 밖으로 밀어내려고 휘몰아치는 물살 가르기를 멈추지 않았다.

어영차, 허여디어, 어영차, 허여디어…….

동변항에서 멸치 후리는 노랫소리가 검회색 바다 위로 우렁차게 번져 왔다. 멸치잡이 선원들이 힘을 한데 모으기 위해 외치는 구령 소리였다.

"테리야! 테리야!"

그는 동변항을 향해 손을 뻗으며 아내의 이름을 부르짖었다. 목소리가 멸치 후리기 소리에 짓눌려 바다 밑으로 가라앉았다. 갑자기 뱃머리가 하늘로 치솟았다가 소용돌이 중심부를 향해 치달았다. 순간 그는 바다로 뛰어들었다. 테리의 스키니진과 옷가지들, 소지품들도 파도를 따라 뿔뿔이 흩어졌다. 소용돌이는 돌파구를 찾아 배회하는 열대어 떼를 굶주린 고래처럼 흡입하고 있었다.

그는 거대한 괴물의 등처럼 일렁대는 물살을 가르며 팔과 다리를 휘저었다. 스키니진 한 벌이 소용돌이에 빨려 들고 있었다. 회전하는 물살에 휘말리지 않으려고 안간힘을 쓰며 손을 뻗었다. 소용돌이는 먹잇감을 낚아채듯 테리의 스키니진을 삼키더니, 그의 하반신을 물고 놓아주지 않았다. 파도가 찰싹찰싹 얼굴 위로 떨어져 내렸다.

그는 휘몰아치는 바닷물의 기세와 사투를 벌이면서 아내의 이름을 계속 외쳤다.

검은 하늘과 수평선이 맞닿은 지점에서 주홍빛이 퍼지고 있었다. 햇살이 점점 그의 얼굴 위로 떠오르기 시작했다.

이틀 전이었다.

그는 잠을 자다가 목이 아파 눈을 떴다. 목 밑에 있어야 할 베개가 없었다. 누운 상태로 머리 위쪽을 더듬거렸다. 베개가 잡히지 않았다. 두 다리를 쭉 뻗어 좌우로 휘적거렸다. 베개는 발아래에 있었다. 베개를 두 발로 움켜잡고 손으로 집어 올려 목 밑으로 밀어 넣었다. 뭐든 제자리에 있어야 비로소 편안해지는 법이다. 자동차의 급발진 소리가 어렴풋이 들렸다. 팔을 벌려 테리를 안으려고 했다. 옆자리가 허전했다. 눈을 떠보니 그녀가 보이지 않았다.

식탁 위에는 빈 그릇이 그대로 있었다. 테리는 설거지하다가도 드라마가 시작되면 고무장갑을 벗고 부억을 뛰쳐나왔다. 소파에 누워 티브이를 보다가 곧잘 잠이 들곤 했다. 그는 식탁 위에 뒹구는 빈 그릇을 싱크대 안으로 옮겨 놓고 화장실 문을 열어 보았다. 온 집 안에 짙은 정적이 감돌았다.

테리야! 아내를 불렀다. 벽시계의 초침 소리만 무거운 실내 공기 속으로 깊숙이 스며들었다. 전화를 걸었으나 휴대전화 전원이 꺼진 상태였다. 현관문 너머로 기척이 들릴까 봐 귀를 기울였다. 밤낮을 모르고 짖어대던 아랫마을 강아지마저 그날따라 조용했다. 불길한 생각이 뇌리에서 끊임없이 생성되었다. 도둑이라도 들어와 테리를 보쌈해 갔을까? 그런 상황은 사극 속에서나 있을 법한 이야기였다. 이 밤에 혼자 찜질방에 갔을까? 그녀는 사우나를 가도 십 분을 못 견디고 자리를 박차고 나왔다. 텁텁한 수증기에 숨이 막힌다고 했다. 잠든 사이에 오 여사가 불러냈을까? 동변항에 관광객이 줄면서 짚불 장어구이 가게 마당에 지푸라기가 사라진 지 꽤 됐다. 다시 잠을 자려고 누웠지만 잠이 들지 않았다. 이상 기온에 급작스럽게 기습해 오던 가을밤 무더위는 해발 이백 미터의 구릉지 위까지 침범하고 있었다.

거실로 나와 베란다 창문을 열었다. 후덥지근한 바람이 집 안으로 몰려들었다. 소파 위에 매달린 '忍 가정의 평화를 위해서'라고 쓰인 액자가 달빛에 빛바랜 모습으로 흔들거렸다. 그는 비뚤어진 액자를 바로잡으려고 소파 가까이 다가갔다. 발가락이 소파 받침다리에 부딪혔다.

"제기랄, 한밤중에 어디를 싸돌아다니는 거야!"

발가락에서 미끈한 액체가 만져졌다. 화장지로 지혈하고 안방으로 들어가 침대에 다시 누웠다. 눈을 감아도 온갖 잡스러운 생각이 뇌리를 옭아맸다. 이불로 머리를 감싸고 꼼짝하지 않았다. 바깥 공기를 차단한 장막 속에서도 잡념은 마그마처럼 끓어올랐다. 그는 이불을 화들짝 걷었다가 푹 뒤집어쓰기를 반복했다. 심장이 터질 것 같아 거실로 나와 심호흡하며 무겁게 흐르는 시간을 헤아렸다.

새벽 여섯 시가 지나가고 있을 때였다. 현관문 여는 소리가 들렸다. 그는 눈을 감고 숨소리를 가다듬었다. 아내가 들어오자 부글부글 끓어올랐던 화가 오히려 가라앉기 시작했다.

테리가 살며시 이불 속으로 들어와 그의 옆에 누웠

다. 그녀를 따라 새벽 공기도 함께 들어왔다. 그는 눈을 감은 채 테리 쪽으로 몸을 돌렸다. 그녀는 미동도 없이 허리를 똑바로 펴고 누워 있었다. 그는 다시 화가 끓어올랐지만, 머릿속으로 '참을 인' 한자를 되새겼다. 성질대로 했다가는 그녀를 구석으로 몰아붙이는 꼴이 될 것 같았다. 그랬다가 다음번에는 아예 돌아오지 않을까 봐 되레 걱정이었다.

어디서 무엇을 하고 왔을까? 친구 영호의 말대로 정말 젊은 남자와 바람이 났을까? 하지만 테리는 섹스를 좋아하지 않았다. 그녀는 한국 문화에 적응하기 시작하면서부터 점점 섹스에 흥미를 잃었다. 그는 그녀가 몸매 가꾸기에 너무 체력을 소진했기 때문이라며 대수롭지 않게 여겼다. 겨우 한두 달에 한두 번 정도 페니스에 혈액이 몰렸다. 작동이 뜸한 기계가 점점 퇴화하는 것은 당연한 이치라며 스스로 열등감에서 벗어나려고 했다.

테리는 이불 속에서 어떤 기척도 하지 않았다. 그의 머릿속은 배신감과 불신으로 가득 차 있었다. 하지만 애써 분노를 삭이며 그녀의 허리에 손을 얹었다. 그녀는 조심스럽게 그의 손을 밀쳐 냈다. 이불 밑에 서늘

한 기운이 돌았다. 그는 다시 팔을 뻗어 그녀를 거칠게 끌어안았다.

"어디 갔었어?"

"응? 담배 피우고 왔어."

그녀의 머리카락에서 생선 비린내가 풍겼다. 어느새 그녀의 깊은 숨소리가 들렸다. 그는 벌떡 일어나 크게 한숨을 쉬며 안방을 나왔다.

이상한 일이었다.

그러니까 일본에서 오염수 방류 시비가 매스컴을 떠들썩하게 달구기 시작할 때부터였다.

그는 저녁 식사를 마치자마자 졸음을 이기지 못하고 잠에 곯아떨어졌다. 그 이유가 대추 추출물을 혼합한 막걸리 때문이라고 여겼다. 테리는 저녁 식사 때마다 식탁 위에 막걸리 한 병을 올려놓았다.

"막걸리는 중풍은 물론이고 혈압까지 낮춰 준대요. 또 유전자 변형이나 심장병 예방에 좋은 건 두 번 말하면 잔소리고요. 건강한 정자를 생산하는 데 이만한 영양식품이 없대요. 막걸리에 대추 중탕을 곁들이면 우리 몸에 쌓인 중금속이나 오염물질을 배출해 주는 최고의 음식이래요."

그녀는 도자기처럼 매끄러운 얼굴을 그의 턱 앞으로 내밀며 조곤조곤 읊어댔다.

"풋……."

그가 입꼬리를 끌어올렸다. 테리도 이제 어엿한 한국 아줌마가 다 되었다는 안도감에서 흘러나오는 표정이었다. 평소에 반드시 해야 할 말이 아니면 면전에서 닦달해대는 아내의 말에도 침묵했다. 말수가 적은 그의 앞에서 아내는 두 주먹으로 자기 가슴을 치다가도, 난처한 상황이 닥치면 오히려 과묵한 남편이 편하다고 했다.

테리는 대추 추출물이 든 사발에 막걸리를 콸콸 쏟아붓고 새끼손가락을 집어넣어 원을 그리며 휘저었다. 막걸리와 대추 추출물이 그녀의 손가락 방향을 따라 소용돌이쳤다. 그는 사발 안을 골똘히 바라보면서 몸을 움츠렸다. 낚싯배에 관광객을 싣고 용돌이 바다를 지나다가 물살에 휘말려 간신히 벗어났던 일이 새삼스럽게 떠올랐다. 바다 주변을 떠나 본 적이 없던 그도, 용돌이 근처를 지날 때면 늘 긴장해야 했다.

테리는 막걸리에 손맛이 더해지면 깊은 맛이 난다

며 깔깔깔 웃었다. 그녀의 희고 고른 치아가 보석처럼 빛났다. 그녀는 손가락에 묻은 술을 옷에 쓱쓱 닦으며 막걸리 사발을 그에게 건넸다. 그는 막걸리를 벌컥벌컥 단숨에 들이켰다. 평소에 술을 즐기지 않았지만, 자신보다 서른세 살이나 적은 아내의 재롱을 물리칠 수 없었다.

동창 영호의 딸이 수협에 취업했다며 취업 턱을 대접받은 다음 날에 테리를 처음 만났다. 사 년 전이었다. 그녀의 국적은 네팔, 천재지변으로 땅이 뒤틀린 바람에 자신의 세계가 무너져 내렸다고 했다. 그날 그는 두 손을 맞잡은 채 온몸이 석고상처럼 굳어 있었다. 그가 여자를 이성의 시선으로 바라볼 때면 어김없이 일어나는 증세였다. 그의 가족 관계를 살펴보더라도 가족 중에 딱히 그의 사회성을 떨어뜨릴 인물은 없었다. 이웃과 거래처 사장들하고 더할 나위 없이 잘 지냈다. 곱상한 외모는 누가 봐도 법이 없어도 사회 제도 밖으로 이탈할 인상은 아니었다. 그가 처음 발을 내디뎠던 직장은 평생 직업이 되었다. 요즘 세상에 찾기 힘든 그의 인품을 알아보는 이는 결혼 생활의 온갖 염증을 호소하는 결혼한 지 십 년 이상 되는 부부들이었다. 그들을 통해 중매가 약 이백 명은 들어왔고, 그가 골라서 맞선 본 상대는 대략 백 명쯤 되었다. 맞선녀 대부분은 길게는 두세 번, 대부분은 일회성 만남으로 끝을 맺었다. 퇴짜 맞은 이유는 그가 남자다운 박력이 없다는 거였다. 주변 사람들은 그의 귓전에 대고 박력! 박력이란 무엇인가에 대해 열변을 토했다. 그는 기어이 그들이 부르짖는 박력 찬가를 달팽이관 안뜰 벽 너머로 통과시키지 않았다. 단지 '내가 한 여자의 인생을 과연 행복하게 해 줄 수 있을까'에 대한 의구심이 그의 호기를 떨어뜨렸을 뿐이었다. 그가 한 여자의 미래를 등에 업을 자신이 없다며 가족에게 강력한 일침을 놓던 날, 여동생의 간절한 부탁으로 마지막이라며 갔던 곳은 이주여성 결혼 상담센터였다.

딱딱하게 굳어 있는 그의 두 팔을 풀고 먼저 손을 내민 쪽은 테리였다. 그는 엄마 젖살도 아직 안 빠진, 누르면 톡 터질 것 같이 여린 갈색 피부를 가진 그녀를 보며 여동생이 대학 수능 준비할 때의 모습을 떠올렸다. 그녀는 수줍은 얼굴을 하면서 결혼 조건을 내세웠다. 남동생 셋이 대학을 마칠 때까지 등록금과 부모님 생활비를 보내 줄 것. 땅의 뒤틀림으로 사라진 친정집을 새로 지어 달라고 요구했다. 그의 눈에는 가녀린 소녀가 망망대해에서 거센 소용돌이에 휩쓸려 자신에게 구조 요청을 하는 것 같았다. 갑자기 자신의 인생을 불태워서라도 가엾은 소녀에게 든든한 구조선이 되어 주고 싶은 마음에 그녀의 손을 붙잡았다. 평소에 대놓고 고자가 아니냐며 그의 성 정체성을 의심했던 여동생은, 오빠도 젊고 예쁜 여자 앞에서는 어쩔 수 없는 남자였다며 안도의 숨을 내쉬었다.

그는 테리가 건넨 막걸리를 단숨에 들이켰다. 그녀는 잘 구운 돼지고기를 통김치에 돌돌 말아 그의 입 앞으로 내밀었다. 그는 입을 벌리고 그녀에게 다가갔다. 그녀는 김치 보쌈을 그의 입안에 넣으려다가 다시 허공으로 치키며 깔깔 웃었다. 그는 몸을 일으켜 보쌈김치 끝을 입술로 물었다. 손가락에 묻은 김칫국물은 그녀의 입으로 들어갔다.

그는 그녀가 건네준 보쌈을 입에 넣고 눈을 지그시 감았다. 전율이 느껴졌다. 막걸리를 한잔 더 마셨다. 쌀과 누룩이 만나 잉태된 효모의 배설물이 식도를 타고 흘러내렸다. 그 어떤 여자가 이보다 더 마음을 울릴 수 있을까. 그는 막걸리의 맛을 감상하듯 눈을 감고 고개를 가볍게 휘저었다. 거래처 고객들에게 받은 스트레스가 눈 녹듯이 사라졌다.

낮에는 오십여 개의 산소통을 트럭에서 올리고 내렸다. 힘쓰는 일이라면 웬만한 청년 못지않았다. 공장 사람들은 머지않아 육십 줄에 들어설 나이인데 호랑이 뒷다리를 고아 먹었느냐며 혀를 날름거렸다. 그가 무거운 산소통을 거뜬히 들어 올릴 수 있었던 것은 가족을 지키겠다는 굳센 결의에서 솟아난 뱃심이었다. 산소통을 그의 배 위에 올려놓는다. 복부에는 공기를 가득 채우고 하체의 힘을 발끝으로 모은다. 산소통을 훌쩍 들어 트럭에 옮긴다. 산소통은 탱고를 추는 여자의 허리 돌리듯 한쪽 팔로 살짝살짝 돌려 준다. 그의 손놀림에 따라 산소통은 트럭의 짐칸으로 빙그르르 굴러서 있어야 할 자리를 스스로 찾아 들어갔다.

예전에는 거래처가 백사오십 곳이었다. 코로나를 겪고 오염수 논란까지 일자, 거래처가 삼분의 이는 사라졌다. 그는 부족한 수입에 대처하려고 낡은 낚싯배를 사촌 조카에게 샀다. 주말이면 낚시꾼이나 바다 투어를 즐기는 관광객에게 배를 대여했다. 처음에는 그럭저럭 줄어든 수입을 충당할 수 있었다. 부수입으로 테리의 친정 가족에게 보낼 돈을 아쉬운 대로 환전했다. 한 달 전에는 낚시꾼들을 태우고 용돌이 바다를 지나다가 큰 사고를 당할 뻔했다. 배를 수리하려면 오백만 원 남짓한 돈이 필요했다. 거래처가 줄어들면서부터 들어오는 돈보다 나가는 돈이 많아졌다. 돈을 모으는 대로 물이 샌 곳을 새 판자로 교체하고, 배 표면에 방수 처리하면서 전체적으로 배 점검을 하려고 했었다.

그가 저녁 식사를 끝내자, 테리는 담배에 불을 붙였다. 그녀의 입에서 담배 연기가 바닷물에 풀어 놓은 실타래처럼 흘러나왔다. 그녀는 담배 한 보루를 늘 서랍 깊숙한 곳에 넣어 두었다. 통장에 잔고가 바닥날 것을 대비한 일종의 비상금 같은 거였다.

"몸에 아무짝에도 쓸모없는 담배가 무슨 맛이 난다고 쪽쪽 빠니?"

그가 손바람으로 담배 연기를 밀쳐 내며 못마땅한 표정을 지었다.

"오르가슴 같은 맛이야."

그녀는 송아지처럼 맑고 깊은 눈동자를 굴렸다.

"쪼끄마한 게…… 오르가슴이 뭔지 알기나 해?"

"처음 맛본 한국 과자 같은 느낌."

그녀는 입안에 머금은 연기를 그의 얼굴을 향해 뿜어냈다.

"그거 알아? 요즘 주부들은 담배 못 피우면 3급 장애, 애인 없으면 2급 장애, 두 가지 다 못하면 1급 장애인이래."

"……."

그가 인상을 찌푸리며 손가락으로 테리의 입술을 세게 쳤다.

"아파! 한국 아줌마들이 다 그렇게 말하더라고."

"어떤 아줌마들? 일부 그런 여자들이 허튼 짓거리를 합리화하려는 핑계를…… 앞으로 담배 끊어!"

그가 거칠게 말을 뱉었다.

"담배 끊으면 나 알바해도 돼? 우리 돈 더 많이 벌 수 있잖아!"

"절대 안 돼."

"왜 안 되는데?"

그녀는 반쯤 탄 담배꽁초를 재떨이에 짓이기며, 입안에 머금은 연기를 허공으로 내뱉었다.

"……."

그의 눈빛이 흔들렸다. 그녀가 장어구이 가게에서

몇 달 일했을 때였다. 그는 가게 옆을 지나칠 때마다 습관적으로 유리창 너머의 홀을 힐끔거렸다. 술에 취한 중년 남자의 눈이 서빙하고 있는 테리의 엉덩이에 머물다가 나쁜 손이 움직였다. 그는 곧바로 트럭을 멈추고 안으로 들어가 아내의 팔을 잡고 가게 밖으로 나왔다. 그녀도 순순히 따라나섰다.

"날 믿고 조금만 기다려 봐."

"그때가 언제냐고? 지난달에도 겨우 동생 등록금만 보내 줬어. 생활비 부족해."

그는 난처한 표정을 지으며 고개를 숙였다. 그가 동창회 모임에 테리를 데리고 간 적이 있었다. 그녀는 스키니진과 배꼽이 튀어나올 것 같은 흰색 티셔츠를 입고 차에 올랐다. 외출할 때면 그녀는 주로 검은색 스키니진을 즐겨 입었다. 여러 색깔의 스키니진이 종류별로 많았지만, 유독 검은색 스키니진이 그녀를 더 돋보이게 했다. 친구들은 그녀의 뒷모습을 흘끔흘끔 바라보았다. 그녀가 잠시 자리를 비우는 사이에 저마다 한마디씩 했다. 딸 같은 각시하고 사는 맛이 어떠냐? 젊은 남자들이 낚아채 가겠다, 석준아. 아내에게 절대로 돈 맡기면 안 돼…… 라는 말을 하며 그의 어깨에 손을 올렸다. 그는 억지웃음을 자아냈다. 그의 부부 속사정에 대해 아무것도 모르는 이에게 황당하게 내정간섭을 받는 느낌이 들었다. 하지만 대단한 호의를 베풀기라도 하듯이 너스레를 떠는 지인들 앞에 재를 뿌리고 싶진 않았다. 오히려 그 상황에서 말을 되받아 봤자 자신만 우스운 꼴이 될 것 같았다.

가장 인간성에 믿음이 갔던 영호를 만났을 때였다. 그때도 테리는 하체의 형태를 그대로 드러내는 검은색 스키니진과 흰색 배꼽티를 입었다. 영호는 잠시 밖으로 나가는 그녀의 뒷모습을 보며, 석준아, 친구로서 진심으로 충고하는데 마누라 단속 잘해라, 라고 말하며 그를 지그시 바라보았다. 그날 처음으로 그는 그녀가 자신의 영역 밖에 서 있는 기분이 들었다. 집에 돌아와서도 찜찜한 마음은 며칠 동안 남아 있었다.

"나도 돈 벌고 싶어."

그의 손을 붙들고 그녀가 애원하듯 말했다.

"배 수리하면 다시 낚시꾼들에게 대여할 수 있어. 그때는 연체된 아파트 잔금도 치르고 장인어른과 장모님도 모시고 올 거야. 날 믿고 담배 끊는다고 약속해!"

"약속할게."

테리는 담배 한 개를 꺼내 다시 입에 물었다. 예전에도 그의 간절한 부탁에 담배를 끊으려고 시도한 적 있었지만 실패했다. 그가 음식을 먹을 때 쩝쩝 소리를 낸다며 벌컥 화를 내는가 하면, 화낼 일이 아닌데도 시도 때도 없이 입에서 거친 말을 쏟아냈다. 그는 금단현상이 그녀뿐만 아니라 자신에게까지 뻗쳤다고 생각했다.

"단번에 끊으려 하지 말고 조금씩 줄여 봐라."

그가 먼저 말했었다. 테리의 건강을 지키려다가 오히려 그의 정신 건강에 문제가 생길 것 같았다. 담배 연기가 허공에서 머뭇거리다가 사라졌다. 그녀가 내뿜은 담배 연기가 자신과 그녀를 연결하는 유일한 끈일지도 모른다는 생각이 문득 스쳤다.

담뱃불을 끈 그녀는 거울 앞으로 가서 몸매를 살폈다. 그는 그녀의 팔을 잡아당겨 다시 식탁 앞에 세웠다. 그가 노릇노릇하게 잘 구운 돼지고기를 그녀에게 내밀었다. 그녀는 고개를 흔들며 군침만 넘겼다. 그러다가 몇 번이고 입을 벌렸다 닫았다 했다. 결국, 고기 한 점을 입에 넣고 오랫동안 오물거렸다.

"팍팍 좀 먹어라. 살이 좀 있어야 여자다운 맛도 난

다."

"관섭하지 마, 가정주부라도 몸매가 날씬하지 않으면 싸구려 취급당해."

"여자가 무슨 상품도 아니고 싸구려가 뭐야!"

그는 테리가 몸매 가꾸기에 너무 열정을 쏟아 걱정이었다. 어느 곳이든 열정을 쏟으면 빠질 수 있다. 빠진다는 단어가 머릿속에 떠오르자, 마음이 무거워졌다. 깊게 빠지면 헤어나지 못하고 헤어나지 못하면 죽을 수도 있다. 아내가 빠져 봤자 살 빠지는 것밖에 더 있겠냐며 마음을 진정시켰다. 수년 전에 굴 양식장을 했던 부모님은 폭우가 쏟아지는 날에 용돌이 바다를 지나가다 배가 전복되었다. 결국 어머니가 소용돌이의 먹잇감이 되었던 기억이 떠올라 울컥했다.

브라운관에서 드라마 주제곡이 흘러나오자, 부엌에서 설거지하던 그녀는 재빨리 티브이 앞으로 갔다. 그가 마신 막걸리와 보쌈이 드디어 반응을 보냈다. 그녀의 말대로 막걸리가 몸에 들어가 정자라도 생산하고 있는 모양이었다. 그는 드라마에 몰두하는 테리의 어깨를 끌어안았다. 그녀는 바닥에 한쪽 팔을 괴고 몸을 옆으로 뉘었다. 그는 그녀의 뒤로 다가가 다시 안으려고 했다. 그녀는 벌떡 일어나 옷장 문을 열고 새로 산 스키니진을 가지고 나왔다.

테리는 스키니진을 좋아했다. 바지를 자주 갈아입고 거울을 오랫동안 들여다보곤 했다. 몸을 살짝 비틀어 엉덩이를 살피다가 다른 스키니진으로 바꿔 입기를 반복했다. 그녀가 패션쇼를 벌일 때면 온갖 색색의 스키니진이 거실 바닥에 한가득 널브러져 있었다.

그녀는 한동안 거울 속의 자기 모습에서 눈을 떼지 않았다. 상반신을 돌려 진지하게 뒤태를 점검했다. 그녀는 옷매무새가 마음에 들면 허리에 손을 얹고 엉덩이를 좌우로 흔들며 워킹을 시작했다. 우월한 기럭지와 몸매를 과시하며 거실을 한 바퀴 돌아 다시 거울 앞으로 왔다. 이윽고 손바닥에 입술을 찍어 거울 속 자신을 향해 팔을 흔들었다. 그 모습은 런웨이에 서서 관객을 향해 팔을 흔들어 보이는 모델 같았다. 그녀는 쭉 빠진 몸매, 구김 없는 얼굴, 몸에 잘 어울리는 스키니진이야말로 비로소 자신의 성품을 완성한다고 믿는 듯했다.

그는 테리가 자신의 값어치를 오로지 거울 속에서만 찾는다고 생각하니 안쓰러운 마음이 들었다. 그때마다 그녀의 소질을 찾아 무엇을 어떻게 해 줄까를 고민하다가, 지그시 안아 주거나 머리를 쓰다듬어 주었다. 지난 주말 딥을 만나기 전까지는 그랬다.

그녀가 밝은 표정을 지으며 그에게 다가와서 몸을 한 바퀴 빙그르르 돌았다.

"어때, 예뻐?"

그는 못 들은 척하며 티브이에 눈을 돌렸다. 갑자기 딥이 떠올랐고, 은근히 침울함에 젖어 들었다. 딥이 전복 양식장 폐업으로 실직자가 되었다고 했다. 그는 테리와 딥을 데리고 횟집에서 오촌 형인 멸치 배 선주를 만나 딥을 부탁한 적이 있었다. 해산물 불황에도 그나마 멸치 소비는 큰 폭으로 감소하지 않았다. 테리는 남편 옆에 다소곳이 앉아 딥에게서 눈을 떼지 않았다. 주고받는 눈빛이 그윽했다. 그는 술잔을 들이켜며 곁눈으로 그들의 모습을 지켜보았다. 고향에 대한 향수를 서로를 보며 달래는가 싶었다. 딥과 헤어져 돌아오는 차 안에서도 테리는 딥에 대한 말을 끊질 않았다. 그녀의 말이 길어지자 갑자기 아내 단속 잘하라는 지인들의 충고가 저절로 되새김질되었다. 진갈색 피부에 다부지고 군세게 보이는 젊은 딥의 모습이 뇌리에서 맴돌았다. 아내가 옆에 있어도 헛헛한 마음은 사그라지지 않았다.

테리는 스키니진을 입고 거울을 오랫동안 들여다보다가 다른 스키니진으로 바꿔 입었다.

테리가 그의 눈앞에서 다시 몸을 빙그르르 돌렸다. 그는 가슴이 먹먹해지면서 스키니진이 딥의 눈길을 녹여 버릴 것 같았다.

"예쁘니까 그만해!"

그는 퉁명스럽게 내뱉으며 몸을 돌렸다. 소파 위쪽 벽에 '忍 가정의 평화를 위해서'라고 쓰인 액자를 바라보며 심호흡했다. 붓글씨로 그가 직접 쓴 좌우명이었다. 나름대로 정성을 쏟았으나 글자가 비뚤어졌다. 테리는 대청소할 때마다 여보 마음을 읽는 것 같다며 액자를 떼어 내자고 했다. 그는 마음이 비뚤어진 게 아니라 손끝이 문제라고 말하곤 했다.

다음 날, 그러니까 그가 용돌이 바다에 전복되기 하루 전날이었다.

그가 퇴근하고 있었다. 부두 난전에서 멸치젓갈을 파는 오 여사가 "테리야, 너희 집에 시계불알 가고 있다!"라고 외치는 소리가 들렸다. 출퇴근 시간을 어김없이 지켜서 오 여사가 붙인 별명이었다. 그는 자신의 존재를 시계추 안으로 구겨 넣는다고 해서 기분이 상하지 않았다. 가정의 평화를 위해서라면 그보다 더한 비유를 들어도 웃으며 넘길 수 있었다. 테리가 슈퍼에서 나오며 오 여사에게 손을 흔들었다. 트럭을 세워 그녀를 태웠다.

그날 저녁 밥상에도 여전히 막걸리 한 병이 놓여 있었다. 그는 수금하다가 낮술을 마셔서 몸이 술을 거부한다고 했다. 그러고는 술에 취한 제스처를 취했다. 그녀가 식탁을 정리하자, 그는 평소보다 일찍 침대로 들어갔다. 자는 척을 하다가 깜박 잠이 들었다.

안방에 있는 붙박이장 열리는 소리가 살얼음 같은 잠을 일깨웠다. 그는 눈을 감고 그대로 누워 있었다. 이윽고 방문이 열리고, 조심스럽게 현관문 여닫는 소리가 들렸다. 그가 일어나 핸드폰을 열어 시간을 보았다. 새벽 세 시 반이었다.

테리가 자동차 시동을 걸고 있었다. 그는 얼른 트럭 키를 챙겨서 그녀의 뒤를 밟았다. 그녀는 동변항 방향으로 십 분쯤 달리더니 부두의 주차장에 멈춰 섰다.

그녀는 주차하고 도로 옆 골목길 사이로 들어갔다.

그도 부두 주차장에 트럭을 세우고 그녀의 뒤를 밟았다. 가로등 불빛이 골목을 환히 비췄다. 그녀는 검은색 스키니진을 입었다. 달빛에 그녀의 실루엣이 누드모델처럼 보였다. 걸을 때마다 긴 생머리가 좌우로 힘차게 움직이며 그녀의 뒤태를 살짝살짝 감추었다.

골목 사이에는 횟집과 해산물을 파는 가게들이 서로 마주하고 있었다. 그녀는 골목을 따라 걸어갔다. 그는 멀찍이 서서 그녀의 뒤를 조심스럽게 밟았다. 그녀는 수협을 지나 소방도로를 건넜다. 그녀는 소방도로 옆으로 즐비하게 서 있는 주택가 앞을 지나 공터로 가고 있었다. 공터 한쪽에 컨테이너 하우스가 보였다. 그녀는 컨테이너 하우스 문을 열고 안으로 들어갔다. 그곳은 딥의 숙소였다. 그는 딱 한 번 딥의 숙소를 방문한 적이 있었다.

그의 다리에 맥이 풀리고 온몸에 소름이 돋았다. 팔과 다리가 후들거려 몸을 지탱하기 힘들었다. 테리의 뒤를 쫓아가 끌어내고 싶었다. 마음과는 달리 다리가 꼼짝하지 않았다. 어떻게 해야 하나? 종잡을 수 없는 혼란에 빠져들었다. 정신을 가다듬고 주변을 살펴보았지만, 어느 곳 하나 현실을 부정할 장면은 없었다. 허둥지둥 트럭으로 돌아갔다.

그는 트럭 짐칸에 실린 산소통을 움켜잡았다. 산소통을 어깨에 메고 딥의 숙소를 향해 뛰어갔다.

컨테이너 안에서 여자와 남자의 웅성거리는 소리가 들렸다. 이윽고 여자의 간드러진 웃음소리가 들렸다. 테리의 웃음소리 같았다. 그의 앞에서 한 번도 자아낸 적 없는 폭소였다. 온몸에 소름이 쫙 끼쳤다. 다리에 뜨끈한 액체가 흘러내렸다. 위로 솟구치는 화를 틀어막으니 폭발하는 분노가 아래로 흘러내렸다. 바닷바람이 젖은 바지 밑을 헤집고 들어왔다.

그는 산소통을 들고 한동안 꼼짝하지 않고 서 있었다. 더 나아갈 수 없었다. 정신을 가다듬고 다시 트럭으로 돌아갔다. 산소통을 제자리에 놓고 하늘을 바라보았다. 새벽 동이 트려면 한참 더 있어야 했다. 바람이 지나가는 속도로 파도가 방파제에 흩어지면서 울부짖었다.

그는 트럭을 몰고 집으로 향했다. 붙들어 매야 할까. 풀어 줘야 할까. 죽여야 할까. 생각의 갈피를 잡지 못하고 안절부절 했다. 그녀의 행실을 이해할 꼬투리라도 찾아내야 마음이 진정될 것 같았다. 만약 여동생이 그녀의 입장이었다면…… 테리를 처음 만났을 때의 모습을 떠올렸다. 그는 이제껏 그녀에게 필요한 집과 돈만 해결해 주면서 자신의 외로움을 달래며 살았다는 생각이 들었다. 꽃다운 소녀의 꿈과 사랑의 결여는 그의 능력 밖의 문제라는 것을 알았으면서도 외면했다. 그녀는 그에게 미안하다는 말을 자주 했다. 그녀 또한 부채감을 느끼는 것 같았다. 따져 보면 미안해야 할 사람은 오히려 그였다. '가정의 평화를 위해서'라고 써서 눈에 가장 잘 띄는 벽에 걸어 놓은 액자는 오직 자신의 외로움을 메우기 위해 신봉했던, 그를 위한 그의 슬로건이었다. 애당초 그녀를 선택했던 것이 터무니없는 자만심과 욕심이었다는 게 느껴지자, 그는 한없이 작아는 것 같았다. 마음속에서 끓어오르던 분노가 일순간에 사그라졌다.

그는 그녀의 옷장 문을 열었다. 갖가지 색깔을 한 스키니진이 구겨진 채로 쌓여 있었다. 한동안 멍하니 그녀의 옷더미를 바라보았다. 불현듯 알록달록한 열대어 떼가 물이 마르고 산소가 고갈된 수족관 안에 갇혀 아가미를 헐떡이며 넓은 바다를 그리워하는 것처럼 보였다. 그는 테리의 스키니진과 테리의 옷가지들, 화장품, 테리의 물건을 모조리 꺼내 트럭의 짐칸으로 옮겼다.

낚싯배가 정박해 있는 선창가로 트럭을 몰았다. 맞선 볼 때 테리의 앳된 모습, 거울 속 자신을 보며 만족한 표정을 짓는 테리, 친정 부모에게 안부 전화를 하면 눈물부터 비친 테리, 울고 웃는 그녀의 온갖 표정들이 스쳐 지나갔다.

선창가에 트럭을 세웠다. 그는 트럭에 실린 그녀의 옷과 소지품을 낚싯배 위로 옮겨 실었다. 그녀의 모든 것을 넓은 바다에 풀어 주고 싶었다. 배의 엔진을 켜고 키를 바다를 향해 무작정 돌렸다. 뱃머리는 용돌이 바다 쪽으로 달렸다.

배가 용돌이 바다 근처에 다가서자 앞으로 나아가지 못하고 제자리에서 맴돌았다. 엔진은 계속 작동하고 있었다. 배의 후미에 장착된 프로펠러가 멈춰 버렸다. 배가 중심을 잃고 소용돌이를 따라 빙글빙글 맴돌았다. 그는 아무 조치도 취하지 않고 뱃머리에 서서 멀뚱히 딥의 숙소를 바라보았다.

멸치잡이 배 한 척이 동변항을 향해 다가가고 있었

다. 멸치잡이 배에서 엄청난 불빛이 쏟아져 나왔다. 항구가 대낮처럼 밝아졌다.

딥의 숙소가 있는 골목에서 여자 둘과 남자 한 명이 멸치 배를 향해 걸어가고 있었다. 모두 피부색이 진갈색인 외국인이었다. 그들 중에 검은색 스키니진을 입은 테리의 모습이 유난히 눈에 띄었다.

멸치를 실은 배가 항구에 다가가 서서히 정박했다.

선원들은 멸치를 가득 실은 배에서 그물을 끌어 내렸다. 선원의 무리 중에 방수복을 입은 딥도 있었다. 딥은 제일 먼저 배에서 뛰어내려 그물을 펼치며 멸치 털이 준비를 했다. 선원들도 배에서 항구로 나와 그물을 움켜잡고 허공에서 팔을 휘저었다. 선원들 입에서 멸치 후리는 노랫가락이 흘러나왔다.

어영차, 허여디어, 어영차, 허여디어…….

동변항에서 멸치 후리는 노랫소리가 끊이지 않고 울려 퍼졌다. 그물에 잡힌 멸치들은 허공에서 허우적거리며 한 무리씩 갑판 위로 쏟아져 내렸다. 무리 밖으로 이탈한 멸치는 부두의 단단한 콘크리트 바닥 위에서 팔딱거렸다. 테리는 땅바닥에서 몸서리치는 멸치를 잽싸게 주워서 양동이에 담고 있었다.

트럭 한 대가 부두로 다가왔다. 트럭에서 중년 남성이 내렸다. 그녀는 양동이를 들고 트럭 앞으로 갔다. 테리와 남자는 한동안 실랑이를 벌이더니 남자가 뭔가를 그녀에게 건넸다. 중년 남자는 양동이를 트럭에 옮겨 실었다. 그녀는 남자에게 받은 것을 주머니에 넣고 다시 멸치를 털고 있는 선원들 뒤로 가서 콘크리트 바닥으로 떨어진 멸치를 양동이에 주워 담았다.

그는 넋을 잃고 동변항을 바라보았다. 갑판에는 바닷물이 스며들어 출렁거리고 있었다.

비트의 세상

그의 셔츠에서 낯선 향이 났다. 부드러우면서도 중후한 기품이 느껴지는 향이었다. 우아하고 성숙한 이미지를 가진 여성의 자태가 그려졌다. 질투심이 탈출구를 찾지 못해 얼굴이 달아올랐다. 그가 넥타이를 풀다 말고 힐끗 돌아보았다.

"새 거래처 사장에게 저녁밥을 샀어. 회사 매출과 직결된 고객이야."

그의 입에서도 시프레 향이 풍겨 나왔다. 여느 때와는 사뭇 다른 향이었다. 고급 약선 요리만 찾아다니는 남편이 묻혀 온 향수의 취향은 다양했다. 오십 대 중반으로 들어오면서 더욱 그랬다. 이십 대 여성들이나 좋아할 상큼하고 발랄한 열대 과일의 향이 자주 따라 들어왔다. 나이를 거스르더라도 젊음을 붙들고 싶어

안달하는 모습 같았다. 다행히 그가 묻혀 온 향은 고정되어 있지 않아 아직 딴 살림은 차리지 않았다는 확신이 들었다.

출근 채비하는 그에게 새 셔츠를 건넸다. 그는 내가 준 셔츠를 옷걸이에 걸고 그가 어제 입었던 셔츠를 집어 들었다. 전날 묻혀 온 향의 잔재가 맑게 비워진 머릿속으로 스며들었다. 그는 유독 옷 세탁에 있어 자수성가 특유의 자린고비 정신이 강박처럼 박혀 있었다. 한 번만 입고 세탁소로 보내는 것을 못마땅하게 여겼다. 몸에 좋다는 음식을 찾아 전국을 다니고, 양주 한 병에 수십만 원을 쓰는 건 당연한 일로 여기는 모순 따위는 염두에 두지 않았다.

우리의 아침은 퇴근 때와 별반 다를 게 없었다. 그는 저녁 식사를 밖에서 해결하고 오는 날이 더 많았고, 어느 때부턴가 아침 식사도 회사에서 해결했다. 내가 남편에게 해 줄 일은 접선하듯이 그의 옷을 건네받고, 그가 내놓은 젖은 타월 두어 장을 거두면 되는 거였다. 그는 그대로, 나는 나대로 하루를 서로 다른 내용으로 채웠다. 우리의 일상은 눈에 띄지 않게 조금씩 어긋나고 있을 뿐이었다. 그렇다고 이런 생활에 그도 나도 큰 불만은 없었다. 불만을 꺼내 놓기에는 서로에게 너무 무디어 있었다. 각자가 꾸려 온 삶의 내용은 그 자체로 굳어 갔다. 이제는 서로가 비집고 들어갈 만한 틈조차 보이지 않았다. 문제를 만들면 시간과 에너지가 들고, 시간과 에너지를 내기 위해서는 각자의 일상을 허물어야 했다.

커피를 내렸다. 모닝커피라든가 원두커피라든가 뭐 특별한 취향이 있는 건 아니었다. 공기를 좀 바꾸고 싶었다. 드립커피에 뜸 들이는 동안 폰을 열어 통장 잔액을 조회했다. 남편으로부터 돈이 들어와 있었다.

스마트폰에서 흘러나온 벨 소리가 커피 향이 가득한 아침을 깨트렸다. 여덟 시였다. 준의 전화는 편지통에 꽂힌 공과금 딱지나 광고물 같은 시원찮은 소식일게 뻔했다. 나는 목소리를 낮춰 손바닥으로 폰을 가리며 소파에 앉아 있는 남편의 눈치를 살폈다. 그는 들고 있던 커피 잔을 테이블 위에 올리며 신문을 펼쳤다. 눈으로 헤드라인을 훑으면서 나를 힐끔 돌아봤다.

"누나……."

뭔가를 요구할 때만 휴대전화를 푸는 동생이었다.

"보내 준 돈 벌써 다 썼어?"

내 입에서 말이 거칠게 나왔다. 이 주일 전에 물감 살 돈까지 보태서 넉넉하게 생활비를 보냈다. 준이 입을 다문 채 아무 말도 못 했다.

준의 대답을 기다리며 와인 바에 달린 거울에 얼굴을 가까이 댔다. 언제부터인지 눈가의 주름이 자글자글하게 올라와 있었다. 벌써 안면 리프팅 시술 받은 지 세 달이 지났다. 주름이 더 생기기 전에 다시 성형외과를 찾아야겠다고 마음먹었다. 오십 대에 들어서니 시간이 다섯 배로 빠르게 굴러갔다.

"누나 미안해……."

뜻밖이었다. 준은 미안하다는 말 같은 건 할 줄 몰랐다. 언젠가 내가 우리에게 미안한 마음을 털끝만큼이나마 가지고 있냐고 물은 적이 있었다. 준은 오히려 죽을 때 돈을 짊어지고 갈 거냐고, 그까짓 돈 좀 나눠쓰는 게 뭐가 그렇게 대단한 거냐며 큰소리를 쳤다.

남편이 보고 있던 신문을 접고 소파에서 일어났다.

"그림쟁이가 무슨 벼슬이라고, 꼭두새벽부터……."

오늘따라 준이 돈을 요청하는 서론이 길었다. 나는 준의 말이 채 끝나기도 전에 먼저 받아쳤다.

"언제까지 누나가 이 짓을 해야 하니? 네 나이가 사십이야. 밥벌이 정도는 너 스스로 해야지. 이제부터 네 그림을 삶아 먹든지 뜯어 먹든지 네 앞길은 네가 알아서 해결해!"

"……."

누나가 하는 말은 한마디도 그냥 넘어가지 않고 또박또박 말대꾸했던 녀석이 조용했다. 나는 먼저 전화를 끊어 버렸지만, 남편에게 해야 할 화풀이를 준에게 한 것 같아 기분은 꺼림칙했다. 돈을 보내 줘야 할 것 같았다.

그가 혀를 끌끌 차며 한마디 더 거들었다.

"그 녀석 어느 세월에 철들까? 요즘같이 치열한 세상에 돈 못 벌면 거지새끼나 마찬가지지. 멀쩡한 육신으로 거리에서 자빠져 뒹구는 사람들처럼……."

듣기에 거북했지만, 아침부터 사소한 말씨름으로 남편의 기분까지 흔들고 싶지 않았다.

그는 집 밖에서는 인심 좋기로 소문난 사람이다. 선박 부품을 제조하는 중견기업 사장으로 사람들은 그의 자수성가를 침이 마르도록 칭찬했다. 그가 돈을 기부하는 경로당이나 사회복지센터는 날로 늘어났다. 누구와 밥을 먹든 늘 그가 먼저 지갑을 열었다. 각종 모임이나 단체에서 리더 자리는 당연히 그의 차지였다. 회사 직원들에게는 아무리 어렵더라도 보너스를 챙겨 주었다. 회사 직원 자녀들의 장학금도 꼬박꼬박 챙겼고, 고등학교와 대학교 등록금도 회사에서 지급했다. 남편은 직원이 있어야 회사가 존재하며, 회사는 직원의 힘으로 굴러가므로 직원은 소중한 가족이며, 사장은 직원의 하수인 역을 해야 한다고 했다. 그런 그가 준이 이야기만 나오면 얼굴을 일그러뜨리고 신경을 곤두세웠다. 유독 준이 앞에서만 이런저런 훈계를 하며 엄격한 잣대를 들이댔다. 남편이 남에게 베풀듯이 준이도 너그럽게 품어 주길 원했다.

"제발 팔리는 그림 좀 그려라. 〈행복한 눈물〉이나 〈학동마을〉 같은 거…… 색상이 얼마나 화려하니? 네 그림은 아이들이 손장난하는 것도 아닌, 무슨 내용인지 도무지 모르겠고, 칙칙하고 무거워서 누가 거들떠나 보겠어?"

그는 준의 작품에 대해 발상에서부터 색채까지 간섭했다. 준은 매형 앞에서 무릎을 꿇고 공손한 표정으로 고개를 숙였지만, 거기까지였다.

"진흙탕 속에 묻힌 보석은 보석이 아닌가요? 높은 가격이 매겨지고 잘 팔린 작품만이 좋은 그림이라고 말할 수 없어요. 사람의 잣대로 예술을 평가하는 건 아니에요. 예술은 유행을 좇아가는 아이템이 아니니까요. 제 일은 알아서 할 테니 걱정하지 마세요."

준의 말은 그림에 대해 뭣도 모르면 가만히 지켜보고만 있으라는 투였다. 나는 준의 등짝에 스매싱했다. 남편은 혀를 끌끌 찼다. 명성이나 돈의 소중함을 모르는, 어리석고, 무책임하고, 이기적인 녀석이라고 했다. 준의 마음을 바꾸려고 아무리 애써도 그의 의지는 세상과 타협하지 않았다. 서양화를 전공한 준은 처음에는 추상화를 그렸으나, 차츰 완성된 그림들은 어두운 밤의 풍경뿐이었다.

준의 예전 화풍은 정제되어 있지 않은 정신세계를 노골적으로 드러냈다. 선은 거칠고 삭막했다. 밝은 색조의 물감이라도 그의 붓이 닿으면 탁하고 삐뚤어지고, 경멸스럽게 변했다. 이 집으로 이사했을 때 준이 그림 한 폭을 보낸 적이 있었다. 얼굴에 회분을 짙게 바르고, 세로 골이 굵게 파인 미간, 찌그러진 눈썹, 얼룩진 붉은 눈, 울퉁불퉁 길게 이어진 코, 아귀처럼 벌어진 입을 가진 괴물 같은 인물화였다. 새 아파트 입주 선물로 보낸 것이 고작 이런 흉물이라니. 기분이 몹시 불쾌해서 남편 몰래 얼른 초상화 그림을 창고 깊은 곳에 처넣어 버렸다.

그가 출근한다며 현관문을 나섰다. 나는 남편을 배웅하고 돌아와서 복도 벽에 걸린 그림 앞에 한동안 머물렀다. 구름이 아침 햇빛을 가려 그림이 더욱 칙칙하게 느껴졌다. 벽에 달린 누드 등을 켜서 그림을 살폈다. 오십 호 크기인 그림은 검은색 아크릴로 휘저어 놓은 듯했다. 마치 밤의 풍경 같았다. 어둠이 짙게 깔린 산속에 황금빛 길이 이어지고, 길에는 창문이 없는 집 몇 채가 그려져 있었다. 창문 없는 집을 유심히 들여다보았다. 저 너머의 세계로 이어지는 통로처럼 느껴져 섬뜩한 생각이 들었다.

이 그림은 삼 년 전에 인사동 갤러리에서 평론가들이 매긴 값보다 비싸게 사들였다. 그때 처음으로 개인전을 열었다. 그림이라곤 물결치는 검은색 화면에 모양만 다른 길의 시리즈였다. 도무지 뜻을 알 수 없는 준의 그림을 평론가들은 호평했다. 신문, 방송 매체에도 실렸다. 호당 가격도 중급 이상이었다. 작품 평가에 비해 팔려 나간 그림은 겨우 두세 점뿐이었다. 한 점은 내가, 또 한 점은 남편 거래처 사장이 스티커를 붙여 두고 나갔다. 그도 남편 얼굴 봐서 마지못해 그림을 샀다는 인상을 남기며 화실을 떠났다.

남편은 전시회가 끝나자, 처남의 그림이 대중성과 거리가 멀다며 대놓고 꾸짖었다. 대중성이 곧 상품성이고, 상품성이 없는 그림이 무슨 가치가 있느냐, 그따위 그림으로 밥은 먹고 살겠느냐, 괜한 시간 낭비 말고 돈벌이나 하라는 등…… 준을 눈앞에 앉혀 두고 똑같은 말을 반복하며 한나절을 끌었다. 그는 사람이 하는 모든 행위를 경제와 연관 지어 가치를 매겼다. 그가 추구하는 목표는 오직 돈이었고, 뭐든 돈으로 환산하려고 했다. 금전이야말로 사람을 행복의 지름길로 가게 하는 도구이며, 사람이 살아가면서 필요한 에너지를 언제든지 충전할 수 있는 연료라는 것이었다.

나 또한 남편의 말을 전적으로 부정하진 않았다. 어찌 됐건 그의 능력으로 가족의 생활이 편리해진 것은 사실이었다. 하지만 마음은 늘 망망대해에서 표류하는 느낌이다. 어릴 때 준과 나는 엄마와 함께 지하 단칸방에 살았다. 우린 전기세를 못 내는 달이 많아서인지 낮보다 밤이 더 익숙했다. 준과 나는 그림 그리는 것을 좋아했다. 준은 어둠 속에서도 그림 그리기를 즐겼다. 내게 화가라는 꿈은 근사하게 포장하여 손이 닿을 수 없는 방에 고이 갇힌 선물 상자 같은 거였다. 남편 덕분에 동생이라도 하고 싶은 일을 마음대로 하게 해 줄 수 있어 그나마 위안으로 여기며 살아왔다. 그 위안도 세월의 더께가 높아질수록 퇴색되어 갔다. 이제는 동생의 존재가 굽은 등에 짊어져야 하는 무겁고 불편한 짐짝처럼 느껴졌다.

남편이 없는 집 안에 정적이 흘렀다. 군 복무 중에 휴가를 나온 아들은 아직도 잠을 자는 모양이었다. 커피를 들고 테라스로 나갔다. 며칠 전부터 황금일향에서 꽃망울이 쭉쭉 올라오더니 드디어 꽃을 피웠다. 매주 화요일 오전 열 시가 되면 정수된 물을 주고 하루도 거르지 않고 부드러운 천으로 잎을 닦아 주었다. 난은 긴 호흡을 가두었다가 수시로 짙은 향기를 뿜어냈다. 애써 공들인 보람을 진한 꽃향기로 보답했다.

테라스 한쪽에 놓인 해초석 테이블에 앉아서 습관처럼 준의 블로그를 검색했다. 고향에 있는 폐농가에 화실을 만들어 주고 난 뒤부터 준의 얼굴을 보지 않았다. 블로그에는 새 글과 그림 한 점이 올라와 있었다. 그림은 여전히 밤의 풍경이었다. 검은색 화풍에 길의 형태만 다를 뿐 도무지 무슨 뜻인지 알 수 없었다. 블로그에 올라온 글을 읽었다.

다섯 시간 동안 밤길을 걸었다. 먹빛의 하늘 아래 별들이 내려앉았다. 감추어진 내 이야기를 찾기 위해 어둠 속을 더듬고 다녔다. 어둠 속에서도 길은 한 곳에만 있는 것이 아니었다. 그곳에서 숨겨진 내 삶이 이야기를 찾으려 한다. 밤을 걸으면 부산했던 낮의 모습을 지웠다. 밤은 낮의 풍경을 받아들이지 않으면서 숲 그 자체의 원형을 만든다. 그 중심으로 들어가면 스쳐지나가듯 영감이 떠오른다. 불쑥 찾아드는 그것을 붙들려고 하면 다른 의식이 안개처럼 밀려든다. 밤이 길어질수록 안개가 숲을 덮는다. 불과 몇 미터 앞까지 안개가 덮쳐 와 길이 묻혔다. 가쁜 숨을 고르며 뒤를 돌아본다. 새소리, 나무들, 돌부리, 숲속의 모든 것이 사라진다. 산짐승의 울음소리에 걸어왔던 길마저 지워진다. 과연 나에게 타인의 입장에서 사물을 보는 마음이 있기나 하는 걸까. 타인을 철저하게 지워 온 나는…… 두렵다.

캄캄한 어둠 속에서 준이 찾고 있는 세계라는 것은

무엇일까? 감을 잡을 수 없었다. 나는 잔에 남은 커피를 마저 마시고 테라스를 나왔다. 모든 게 답답했다.

서둘러 메이크업 룸으로 들어갔다. 오전 열 시부터 영어 과외수업 시간이었다. 얼굴에 에센스 몇 방울을 떨어뜨렸다. 드라메르 영양크림을 덧발라 손바닥으로 얼굴을 두들겼다. 제니퍼 로페즈가 애용했다는 고급 화장품이다. 광고처럼 도자기 피부로 변하지는 않았다. 눈 밑으로 짙게 깔린 기미가 옅어지긴 했어도 사라지지는 않았다. 본질은 덮을 수는 있겠지만, 어떤 방식으로도 드러나기 마련이었다. 잡티를 감추는 파운데이션으로 마무리했다. 얼굴이 보철에 도금을 입힌 이미테이션처럼 보였다. 명품 크림으로 바탕을 감추고 위안이나 얻는 나야말로…… 준의 모습과 오버랩이 되었다.

창백한 얼굴 뒤로 검은색 머리카락을 고슴도치처럼 하고 다녔다. 옷도 마찬가지였다. 온갖 색깔의 물감이 더덕더덕 묻어 있고 옷의 어딘가는 구멍이 나거나, 해져 있었다. 내가 때때로 옷을 사 줬지만, 새 옷은 거들떠보지도 않았다. 남편이 걸핏하면 지하철역 노숙자에 비유하는 것도 무리는 아니었다. 그런 몰골을 하고 다닌 동생을 지인들에게 들키기라도 할 때면 창피해서 모르는 사람처럼 외면할 때가 많았다. 예전에 동준 엄마와 함께 준을 만난 적이 있었다. 언니와 준이 같은 배에서 나온 남매가 맞아? 라고 물었다. 동준 엄마가 준을 얕잡아 보는 것 같아 내가 한없이 작고 초라해졌다. 집으로 돌아온 나는 준에게 전화를 걸어 외모에 신경 좀 쓰라며 꾸짖었다. 준은 옷 잘 입는 게 뭐가 그렇게 중요하냐고, 꾸미고 다듬고 가꿔야 할 것은 사람의 내면이 아니냐며 되레 나를 가르치려고 들었다. 세상이 자신을 어떻게 관찰하든 오직 내면에만 충실한 준이가 부러울 때도 있었다. 나는 누구에게도 두꺼운 화장을 벗겨 낸 본 모습을 드러내고 싶지 않았다.

초인종이 울렸다. 영어 공부를 시작한 지 석 달째다. 아들이 방에서 나오면서 두 손을 모아 하트를 만들었다. 엄마의 영어 도전이 맘에 든다는 것이다.

영어 선생의 발음을 그대로 따라 했다. 내가 영어 공부를 하게 된 것은 체면 때문이기도 했지만, 소통하고 싶어서였다. 매주 화요일이면 골프 서클에서 필드 라운딩을 나갔다. 두 달에 한 번은 해외로 골프 라운딩이나 여행을 떠났다. 지인들은 그때마다 원어민과 비슷한 발음으로 캐디와 대화했다. 나는 침묵할 수밖에 없었다. 한 시간이 지나자, 영어 선생은 자리에서 일어났다.

"잠시 기다려 봐."

현관문을 나서려는 영어 선생이 멈춰 섰다. 나는 얼른 드레스룸에 있는 화장대에서 향수를 가지고 나왔다. 작년 겨울에 남편이 호주에 골프 여행을 다녀오면서 선물로 사 온 향이었다. 그날 저녁에 남편의 몸에서는 상큼하고 발랄한 과일 향이 따라 들어왔다. 다음날 나는 젊음을 찾아 백화점 명품관을 뒤졌다.

"한 번밖에 사용하지 않았어. 너 가질래?"

영어 선생은 향수를 받아 들고 현관문 너머로 사라졌다. 남편의 선물을 없애고 나니 구겨졌던 마음이 조금은 펴진 듯했다.

그와 나의 사이가 처음부터 간극이 깊었던 건 아니었다. 직장 선배의 소개로 스물셋에 그를 처음 만났다. 찻집을 나와 레스토랑에 갔었다. 식사를 마치고 나올 때 그는 계산대 앞에서 우물쭈물하면서 돈이 모자란다고 했다. 그때 내가 그에게 반했던 것은 그 풋풋함이었다. 그도 나의 순박한 첫인상에 '저 여자다'

라고 생각했다고 했다.

지금도 그가 딱히 싫은 점은 없다. 신사다운 매너도 있고, 성격도 무난한 편이다. 살짝 튀어나온 뱃살도 오십 후반의 나이를 생각한다면 밉상은 아니었다. 그는 무엇보다도 돈을 잘 벌었다. 돈 잘 버는 남자의 아내가 된다는 것은 편리한 생활을 보장받은 비즈니스와 같다. 세월 앞에 영원한 것은 없는 듯하다. 자연도, 사람도, 사랑도……. 퇴색되든, 변질되든, 원형의 모습을 끝까지 보전하는 방법은 없었다. 냉동 상태가 아니라면. 그렇다고 사람의 마음을 냉동시킬 수는 없는 노릇이다.

준의 뒷바라지와 자식 문제만 아니면 돈 같은 것에 큰 의미를 두지 않아도 됐다. 준이 대학을 졸업하면 친정 식구들에게 흘러 들어갈 돈줄은 끊어질 줄 알았다.

준의 작업실엔 백여 점의 그림들이 쌓여 갔다. 풍경만 다른 밤의 길을 그린 작품들이었다.

"아무리 좋은 그림이라도 상품성이 없으면 쓰레기나 마찬가지지……."

준의 작업실에 갈 때마다 남편이 뱉어 내는 말이었다. 남편은 일관성이라든지, 장인 정신 같은 것에는 가치를 두지 않았다. 오직 경제적 성과에만 높은 점수를 매겼다. 처남이 아니었다면 남편의 입에서 저런 말이 나왔을까. 나는 준이 대견스럽기까지 했다. 한 가지 테마를 가지고 자신의 세계를 집중적으로 파고드는 그의 정신은 인정해 줘야 했다. 영혼이나 마음의 가치를 무조건 상품의 가치로 대변할 수는 없다는 생각이 불쑥불쑥 찾아왔다. 그때마다 남편이 일부러 친정 가족만 과소평가하는 것 같아 언짢은 마음이 들었다. 이유를 알 수 없어 때에 따라 밉기까지 했다. 마음에 그늘이 짙어지면 나는 거울 앞에서 한껏 꾸미고 외출 준비를 했다.

오늘은 어디로 나갈까.

지중해의 석양을 연상케 하는 감미로운 음악이 흐르고, 굴속 같은 마음을 환하게 밝혀 주는 곳은 백화점뿐이었다. 그곳은 인기 연예인이 들고 다녔다는 천오백만 원짜리 콜롬보 악어 가방을 들고, 루이비통 신상품 구두를 신고 딸각거리며 유유자적 거니는 여유로움이 있었다. 사뭇 부러운 눈빛으로 바라보는 여인들의 시선도 있었다. 언니처럼, 친구처럼, 가까운 웃어른 모시듯 떠받들어 주는 직원도 있었다. 그곳에 가면 유일하게 내 존재가 빛을 발했다. 그들에게 내 가치는 고객으로서만 빛을 냈다. 하지만 그들 앞에선 나는 여왕이다. 나는 그 여왕의 특권을 영원히 내려놓을 용기가 없다. 그곳을 걸을 때마다 또각, 또각, 또각…… 일부러 하이힐을 바닥에 쿡쿡 내리찍으며 걸었다. 그렇다고 공허한 마음까지는 채워지지 않았다. 나는 오직 상인에게만 최상급 상품으로 가치가 매겨졌다.

거울 앞에서 머리 스타일과 옷매무시를 가다듬었다. 열한 시 반이 되자, 동준 엄마가 아파트 주차장에서 기다린다는 문자가 왔다. 남편이 법원 경매물 전문 변호사인 동준 엄마와는 같은 골프 서클 회원이다. 나보다 젊다는 이유로 동준 엄마가 운전을 담당했다. 나는 그녀의 그린피라든가, 캐디피, 점심 같은 비용을 대신 지불했다. 그것은 남편에 의해 구겨진 마음을 위로하는 의식이었으며, 동준 엄마가 나를 위해 시간을 배려해 준 대가로 마음의 빚을 내려놓기 위한 행위이기도 했다. 그녀는 내가 부를 때면 언제든지 달려와 주었다.

우리는 맛집에 들러 점심을 먹고, 백화점 안에 있

는 자스민 블랙 라운지로 갔다. 일 년 동안 카드 소비량이 일억 오천 이상이 되어야만 입장 가능한 쉼터다. VIP 라운지라고 해서 전망이 썩 좋지는 않았다. 창문이라곤 출입구밖에 없는 갑갑한 곳이지만, 모든 서비스가 무료이고 편안한 휴식을 취할 수 있게 배려한 공간이었다. 휴식이라는 명목으로 이곳을 찾지만, 공허한 마음에 쫓겨 숨어드는 날이 더 많았다. 입구에 있는 전자 장치에 VIP 특별 카드를 대니 문이 열렸다. 안으로 들어서자, 어떤 부류의 특권층만 누릴 수 있는 공기가 깔려 있었다. 명품으로 치장한 사람들이 풍부한 쿠션감이 있는 소파에 앉아 차를 마시고 있었다. 오늘따라 모두가 가면을 쓰고 있는 것처럼 보였다. 겉으로는 그늘이라고는 보이지 않지만, 그 속을 열어 보면 나와 별반 다를 게 없을 거였다. 나도 자세를 똑바로 하고 소파에 몸을 기댔다.

"언니, 오늘 기분이 안 좋아 보여. 우리 기분도 꿀꿀한데, 이따 역삼동에 갈까?"

"역삼동?"

"호빠. 카이사르, 여자들 스트레스 푸는 덴 거기만한 장소는 없어. 남자들이 젊은 여자들 끼고 술 마시는 심정이 이해되더라."
"몇 번 지인의 손에 이끌려 가 본 적은 있었지만, 비트가 내 취향은 아니었어. 소문 들으니 거기 문 닫았다고 하던데?"
"단속에 걸렸다고 문 닫을 거 같아? 지난 화요일에 친구들과 다녀왔는데…… 비트라는 청년, 본명이 뭐라더라…… 아무튼 그 애 정말 괜찮더라. 연예인 차누구 닮았어. 서비스 끝내주더라고. 언니 가자. 기분 확 바뀔 거야."
나는 그녀의 눈을 물끄러미 들여다보았다. 그녀의 눈빛이 반짝였다. 나는 피식 웃으며 고개를 저었다. 젊은 남자를 품는다고 매번 남편에게 무시당한 감정이 깨끗하게 사라지진 않을 것이다. 내가 비트를 소유한다고 한들 그가 좋아하는 것은 내가 내민 지갑의 두께였다.
동준 엄마는 루왁 커피에 블루베리를 듬뿍 섞어 구운 베이글을 주문했다. 흔한 메뉴이지만 그곳에서 마시는 커피 맛은 특별했다. 최상급 라운지답게 여직원들의 품격이나 서비스 또한 남달랐다. 또한 선택받은 자들만이 들어오는 곳이라는 안도감도 있었다. 내 커피에는 흰 구름 같은 아이스크림이 올라와 있었다. 아이스크림을 만난 뜨거운 커피가 입안을 부드럽고 향긋하게 감쌌다. 아침부터 가슴을 짓누르고 있던 답답함이 녹아내리는 것 같았다.

그곳에서 한 시간을 보낸 뒤, 일주일 전에 주문했던 옷을 찾으러 베르사체 코너로 갔다. 두꺼운 파운데이션으로 얼굴의 기미를 감추고, 브랜드의 출처를 알 수 없는 디자인의 옷을 입은 한 사십 대 주부가 점원에게 마네킹에 코디한 옷 가격을 물었다. 점원은 못 들은 체했다. 사십 대 주부는 얼굴을 붉히며 나갔다. 점원은 손님을 맞이할 때 옷차림부터 살폈다. 그들이 입고 있는 옷의 브랜드에 따라 고객을 맞이하는 친절에도 등급이 있었다.

그 점원은 나를 보더니 환한 얼굴로 다가왔다. 사모님, 오늘 헤어스타일이 아주 엘레강스하시네요. 옷이 헤어스타일과 잘 어울려요. 피부는 어쩜 그렇게 고울까? 점원들이 호들갑을 떨었다. 그녀는 진열된 옷장에서 재빠르게 원피스 한 벌을 꺼내 와서 신상품이라며 내 앞에 내놓았다.

“사모님, 이 원피스의 색감이 정말 신비하죠. 올해

뉴욕에서 열풍을 몰았던 디자인과 색상이에요. 지금은 뉴요커들의 머스트 해브 아이템이 되어 버린 신상품이죠."

"이 작품 내가 가져갈게요."

나는 옷을 입어 보지도 않고 점원에게 카드를 내밀었다.

"사모님, 횡재하신 거 아시죠? 세상에 하나뿐인 거 득템하셨고요. 특별히 자스민 블랙 고객님께 오퍼 할인했어요. 오늘 돈 벌어 가시는 거예요."

점원이 원피스가 담긴 쇼핑백을 내게 건넸다. 계산을 마치고 구두 판매장으로 가고 있는데 휴대전화에서 벨이 울렸다. 남편에게서 온 전화였다.

"뭐 하느라 전화를 그렇게 안 받아? 속 터지게."

펄펄 끓어오른 화를 삭이는 듯 그는 잠시 말을 끊었다.

"병원에서 전화가 왔어. 급하다는데 빨리 연락해 봐."

"병원이라뇨? 무슨 말인데?"

"그걸 내가 어찌 아나? 준이가 응급실에 실려 왔대."

짜증 섞인 말속에는 마치 남의 이야기를 전하듯 무

심함이 섞여 있었다. 폰에는 부재중 전화가 네 개나 찍혀 있었다. 동준 엄마를 남겨 두고 백화점을 빠져나왔다. 먹구름이 하늘을 무겁게 뒤덮었다.

택시 안에서 준에게 전화를 걸었으나 받지 않았다.

답답한 마음에 준의 블로그를 열어 보았다. 아침에 마저 읽지 못했던 짧은 글과 그림을 살폈다. 깊은 산 속에 어둠이 폭풍처럼 몰려 있고, 회오리치는 어둠 속에 선명하게 펼쳐진 황금빛 길이었다. 평소와는 다르게 붓끝에서 흘러나온 강렬한 힘이 시선을 붙들었다. 나는 한동안 그림을 들여다봤다. 근원이 잡히지 않는, 말로 표현할 수 없는 불안한 마음이 일었다.

한 치 앞을 볼 수 없는 시간 속에서 내가 가야 할 길을 묵묵히 걸어왔다. 어둠 속에서 어슴푸레 길이 열리고 그 길은 차차 선명해진다. 마치 내 영혼을 받아들인 어둠이 길을 만들어 주는 것 같다. 길은 딱히 정해져 있지 않다. 내가 바라보는 것이 길이고, 그 길은 어둠을 향해 뻗어 나간다. 어둠이 만든 길, 어두운 길에 빛이 들어와 앉은 것이 아닌, 내 영혼이 만들어 낸 길이다. 이제 그 길에 이르렀다. 길의 끝……, 바닥의 끝……. 이 길이 나의 한

계이고, 또한 나의 시작이다.

어둠 속에서 무엇을 찾았단 말인가? 도무지 준이 쓴 글을 이해할 수 없었다. 밝은 대낮을 거부하고 밤길을 헤매는 준이 혹여 세상 밖으로 도망치려는 것은 아닌지. 구름에 짙게 눌린 하늘이 보였다. 자동차는 더디게 달렸다.

대기실에서 기다리는 사람의 얼굴은 모두 굳어 있었다. 한 사람이 머리에 피를 흘리며 들것에 실려 들어왔다. 교통사고라고 했다. 응급실에선 여행 도중에 갑자기 심장마비가 왔다는 백인 남자에게 의사와 간호사들이 모여 심폐소생술을 했다. 환자 곁에 서서 애타는 표정으로 서 있는 백인 일행들, 알몸에 얼음찜질을 하는 어린아이의 울음소리, 골반이 부러져 생식기에 소변 통을 붙이고 있는 환자……. 응급실은 북새통이었다.

준의 모습이 보이지 않았다. 간호사에게 백준 환자의 보호자라고 말했다. 무표정한 간호사가 커튼이 가려진 곳으로 안내했다.

침상에 준이 누워 있었다. 눈에서 눈물이 핑 돌았다. 준은 산소 호흡기를 달고 거친 호흡을 하고 있었다. 우유 배달 아줌마가 들렀을 때 준이 밥상 옆에서 쓰러져 있었다고 했다. 미역국에서 농약 냄새가 났다는 것이었다.

"준아, 이게 무슨 일이야. 눈을 떠 봐. 누나 목소리 들리니?"

의사가 다가왔다.

"위장 세척은 끝났지만, 자세한 검사는 해 봐야겠어요. 아무래도 심각한 것 같군요. 원무과에 가셔서 수속부터 하세요."

나는 원무과로 향했다. 구두의 굽이 자꾸 꺾였다. 외국인 여행객은 결국 숨진 모양이었다.

하얀색 시트를 머리끝까지 뒤집어쓴 시체는 바퀴가 달린 병상 침대에 실려 어디론가 옮겨졌다. 내 하이힐 소리에 마음이 더 혼란스러웠다.

준은 중환자실로 옮겨졌다. 간호사가 부를 때까지 대기실에서 기다렸다. 천장에 매달린 형광등이 새하얗게 타들어 갔다.

남편은 대기실 의자에 앉아 눈을 지그시 감았다. 그

는 내 인기척에 미동도 하지 않았다. 남편 옆에 바짝 붙어 앉았다. 남편은 이 사태를 어떻게 받아들이고 있는 걸까. 그는 팔짱을 끼고 눈을 감은 채 꼼짝하지 않았다. 아침에 준의 전화를 받고 따스한 말 한마디라도 던져 주었더라면 이 상황에서 벗어날 수 있었을까?

간호사가 보호자를 찾았다. 나와 남편은 담당 의사의 진료실로 갔다.

"오늘을 잘 넘기면 목숨을 건질 수도 있지만, 확신은 어렵습니다."

의사의 말을 듣자, 나는 얼굴에 뜨거운 피가 한꺼번에 몰리는 것 같았다. 그와 진료실 문을 닫고 나왔다. 손끝이 흔들리고, 두 다리에 힘이 빠져 구두의 굽이 자꾸만 옆으로 넘어졌다.

"얼어 죽을 놈의 예술……, 이 살벌한 세상에서……, 다 자업자득이야."

그의 손이 바지 호주머니에서 연방 들락거렸다. 그러다가 복도로 나가 고개를 숙이고 왔다 갔다 서성거렸다. 그의 휴대폰에서 벨이 울렸다. 그가 폰을 껐다. 잠시 뒤에 답답해서인지 나갔다 오겠다며 병원을 나섰다. 나는 병원 문을 열고 나가는 남편의 뒷모습이 보이지 않을 때까지 바라보았다.

시계가 오후 일곱 시를 넘어가고 있었다. 간호사가 준의 호주머니에서 나왔다며 유서 같은 편지를 주었다.

지영에게 자신의 작품 전부를 이전하라는 메모였다. 지영은 준의 대학 후배다. 준의 그림에 끌려서 준을 사랑하게 되었다고 했다. 대학 졸업 후에도 그들의 관계는 변함없었다. 나는 준에게 지영과 결혼해서 미술학원이라도 차리라고 했다. 그때는 둘 다 결혼까지는 생각해 본 적이 없다고 했다. 준이 그녀와 헤어진 것은 사 년 전이었다. 대학 강사를 했던 지영은 준과 헤어진 뒤로 교수와 결혼했다고 했다.

준의 메모를 받아 든 순간, 마음 한쪽에선 괘씸하다는 생각이 들었다. 그림을 그릴 수 있게 도와줬던 것은 나와 남편이었다. 유일한 후원자였던 우리에게는 일언반구도 없었다. 자신을 배신하고 다른 남자와 결혼한 지영에게 그림을 모두 맡기라고 하다니. 준은 애당초 몸이며 정신이 땅이 아닌 허공에 사는 녀석이었다. 준을 버린 것은 우리가 아닌 준 자신이었다. 준에게 화가 났다. 하염없이 흐르던 눈물이 뚝 멎었다.

간호사가 응급실 문을 열고 나왔다.

"이십 분 있다가 들어오시죠. 가족들에게 연락하시는 게 좋겠어요."

이십 분이 까마득히 먼 시간처럼 느껴졌다. 급한 마음에 동준 엄마에게 전화를 걸었으나 받지 않았다. 정작 내가 어려울 때 손을 내밀 이웃은 한 사람도 없었다. 그 긴 시간 동안 마음을 기댈 사람도, 갈 곳도 없었다.

화장실로 들어갔다. 세면대에서 손을 씻고 또 씻었다. 벽에 붙은 거울 앞에서 한참 동안 나와 마주했다.

문득 온갖 잡동사니가 들어 있는 창고에 아무렇게나 내팽개쳐 둔 준의 그림이 떠올랐다. 얼굴에 하얀 회분을 바르고, 새로 골이 파인 미간, 찌그러진 눈썹, 삐뚤어지고 얼룩 붉은 눈, 울퉁불퉁 길게 뻗은 코, 아귀처럼 벌어진 입, 동생이 집들이 선물로 보내 준 초상화는 가면을 벗겨 낸 내 자화상이었다. 화들짝 놀라 얼른 거울 앞을 벗어나서 화장실을 뛰쳐나왔다. 일그러지고 고통스러운 내 모습도 함께 따라 나왔다. 견딜 수 없었다. 순간, 비트의 얼굴이 떠올랐다. 백화점 라운지 룸에서 동진 엄마에게 내색하지 않았지만, 비트의 격정적인 손길을 기억하고 있었다. 비트의 세상에서 나는 최고 여왕이었다. 여왕의 특권과 보상의 기쁨을 영원히 내려놓고 싶지 않았다.

남편은 아직 돌아오지 않았다. 철없는 처남 때문에 느닷없이 찾아온 불쾌함을 씻어내려고 근처 호텔 스카이라운지에서 코냑이나 입안에 머금고 있을 거라는 생각이 들었다. 나는 천천히 중환자실로 향했다. 이 시간을 앞세워 보내려고 애써 걸음을 늦추었다. 유리창 너머로 바깥세상이 보였다. 길게 이어진 자동차의 헤드라이트 불빛과 고층 건물에서 새어 나오는 화사한 불빛 틈으로 어둠이 깔려 들었다. 하늘에는 어제와 다를 바 없는 달이 손톱만큼 남아 있었다. 꺼져 가는 달을 보자 알 수 없는 공허가 밀려들었다.

중환자실 회색 문이 벌컥 열렸다. 간호사가 나왔다.

"백준 보호자님 들어오세요."

나는 중환자실로 비틀거리며 뛰어갔다. 어디선가 라벤더 향이 스쳐 갔다.

수상한 초대

다짜고짜 오라는 문자가 또 명령처럼 들렸다.

"금요일 오후 여섯 시까지 일광 별장으로 와!"

'언니 보고 싶어 만나자'라는 말 정도는 기대하지도 않았다. 끝말이 '와 줄래?'도 아니고 '와!'였다. '줄래?'와 '와!'의 차이는 확연히 다르다. 비록 형제 간이라도 뭐든 부탁하려거든 물음표를 써서 상대의 의견을 먼저 물어야 마땅했다. 여러 입장에서 느낌표를 썼던 이유를 되새겨 보았다. 가령, '줄래?'라는 세 글자 쓰기가 귀찮아 '와!'로 끝낸 것일 수도 있었다.

나경의 성격으로 봐선 한 글자를 줄여 쓴다거나 실수로 잘못 빠트리는 법이 없다. 무엇이든 정해 놓은 자리에 흐트러지지 않고 똑바로 있어야 직성이 풀리는 동생이었다. 분명한 건 18개월이나 먼저 태어난 나를 또 자기 손아귀에 들린 인형처럼 마음대로 조종하려던 게 틀림없었다. 그럴 때마다 매번 자리를 내주며 한옆으로 비켜서서 나를 짓누르고 있는 동생의 부피감을 견뎌야 했다. 말하자면 그런 기분이 들었다.

침대에 널브러졌다가 욕실로 들어가 샤워기를 틀었다. 옥상 물탱크에서 뜨뜻하게 데워진 물로 종일 쌓인 땀과 피로를 씻어 내는 시간은 오 분이면 충분했다.

냉장고 문을 열고 조각 케이크를 꺼냈다. 퇴근하는 길에 편의점에서 사 왔다. 케이크에 큰 초 세 개와 작은 초 세 개를 꽂았다. 낮에는 엄마가 집에 들러 미역국이라도 먹고 가라며 전화가 왔지만, 약속이 있다는 핑계를 댔다. 가족과 얼굴 맞대고 있으면 좋은 감정은 잠시이고, 시간이 지날수록 엇박자만 치고 올 게 뻔했다. 초에 불을 켜고 혼자서 생일 노래를 불렀다. 서른세 번째 맞이한 생일이지만 할 수만 있다면 이날은 뛰어 넘고 싶었다.

13년 전, 8월 10일 여름방학의 기억이 매번 내 올가미를 붙들었다. 공중에서 허우적거리는 민수의 손, 나를 응시하는 그 눈빛. 순식간에 민수를 삼켜 버린 파도, 그때의 바람 냄새까지도 생생하게 되살아났다. 바다에 가자고 말한 건 나경이었고, 민수에게 절벽 끝까지 가 보자고 했던 건 나였다. 나경은 고소공포증이 있다며 주저앉았다. 민수가 내 손을 이끌고 절벽 위로 올랐다. 끝없이 펼쳐진 바다와 괴암절벽 아래에서 부서지는 파도들. 순간적으로 현기증이 났다. 눈을 떴을 때, 민수는 바람에 휩쓸린 낙엽처럼 천 길 낭떠러지로 곤두박질치고 있었다.

후덥지근한 선풍기 바람에 행거에 걸린 옷가지가 흔들거렸다. 접시를 받치고 있는 손바닥에 힘이 빠졌다. 케이크와 촛불이 바닥으로 떨어져 내렸다. 케이크 위에서 뒹구는 촛불을 줍고 바닥을 말끔히 닦았다. 정말이지 민수를 절벽 아래로 밀쳐낸 건 바람이었다.

오늘도 퇴근하는 길에 은행 시디에서 현금 십만 원을 인출하여 봉투에 담았다. 마트에 들러 이런저런 생필품 몇 가지를 샀다. 곧바로 민수 어머니 집으로 가서 봉투와 생필품을 두고 나왔다. 민수를 잊지 못해서라기보다는 중풍으로 거동이 불편한 민수 어머니가 안됐다는 마음이 컸다. 뒷일은 크게 걱정하지 않아도 됐다. 매일 요양보호사가 와서 돌보았다.

냉장고 뒤편에서 모터 돌아가는 소리가 요란하게

들렸다. 관자놀이가 지끈거렸다. 나경이 또 나를 무시했다는 생각이 자꾸만 의식을 비집고 나왔다. 굳이 언니 동생을 따져 가며 잘잘못을 가리자는 건 아니다. 가족 간의 서열은 가정의 질서를 지키기 위해라도 존재해야 했다. 하지만 나경이 내 위에 서 있다는 느낌이 드는 건 어쩔 수 없었다.

한 가지만 예로 들먹인다면, 마트에 갈 때 나는 필요한 물건은 눈에 들어오는 대로 쇼핑 카트에 담았다. 돈 몇 푼, 성분 몇 가지 차이를 찾아내려고 깨알 같은 글씨를 읽으며 꼼꼼히 비교하고 분석하느라 흘려보내는 시간이 아까웠다. 그런 나를 나경은 왜 그렇게 생각 없이 대충 사는지 도저히 이해할 수 없다며, 두 발을 동동거리다가 몇 번이고 양팔을 위아래로 들었다 놨다 했다. 후각이 발단된 개와 식성이 좋은 돼지가 다르듯, 아무리 핏줄이 같은 형제라도 태어난 해가 다르고 태어난 날이 다른데, 언니와 동생의 성격이 같을 수는 없었다. 나경이 조금이라도 좋은 물건을 얻는 데 보람을 느낀다면, 난 차라리 그 시간을 아껴 멍 때리기에 가치를 뒀다.

나경은 결혼하고 나서 더 기고만장해졌다. 시부모

로부터 물려받은 빌딩에서 매월 수천만 원의 수입으로 삶을 영위하면서, 그것이 마치 자기들 능력으로 성공 신화라도 일궈 낸 것처럼 사사건건 자신의 가치관을 내게 심으려고 했다.

그때마다 먹구름처럼 밀려오는 열등감을 회복하려고 조곤조곤 따지다가 결국은 몇 마디 못 하고 폭발하는 건 나였다. 혼자서 부글부글 끓어올랐다가 스스로 미안한 마음이 들어 풀이 죽은 것도 나였다. 동생의 말이 틀렸다거나 전혀 다른 세계의 말처럼 이해 못하는 건 아니다. 따지고 들면 동생의 사고는 내가 도달할 수 없는 지점이었다.

나는 한없이 추락하는 기분을 붙들려고 다시 나경의 문자를 확인했다. '와' 다음에 썼던 느낌표에서 눈이 멈췄다. 느낌표의 의미를 찾아보려고 머릿속을 뒤지며 이런저런 생각을 굴렸다. 내게 뭔가 화가 났을 수도, 우리 사이에 좋은 소식이 있을 수도, 무슨 큰일이 생겼을 수도…… 어쨌든 글자판 버튼을 함부로 누를 동생은 아니었다. 문자로 답장하는 대신에 통화 버튼을 눌렀다.

"내가 거길 왜 가?"

"언니, 그동안 내가 가족에게 해 준 것도 없고, 보고 싶기도 하고."

목소리가 힘이 없고 흔들렸다. 어쩌면 울먹였을지도 모른다. 또랑또랑한 발음으로 언니라고 부르는 것도 뜻밖이었다. 평소대로라면 나를 야, 라고 짧게 불러야 했다. 갑자기 색깔을 바꾼 나경의 태도에 나까지 어색해졌다.

"진짜로 보고 싶기나 해?"

"엄마랑 두 오빠도 오기로 했어."

"또, 돈지랄만 늘어놓으며 우릴 거지 취급하려고 부른 건 아니지?"

무슨 일 있냐고 물어보려던 것이 나도 모르게 튀어나온 말이었다. 순간적으로 쏟아진 말실수를 어떻게 수습해야 할지 잠시 당황했다. 그동안 내 신경을 거슬렀던 나경의 건방졌던 소리가 쌓여서 감정이 저절로 분출되었을 거라는 생각이 스치자, 밀려오는 후회가 약간은 희석되었다.

"아니야! 생각이 그렇게 배배 꼬여서 사는 게 늘 그 모양이……."

말끝이 뚝 잘렸고 잠시 침묵이 흘렀다. 나경이 감춰

버린 종결어미는 듣지 않아도 뻔했다. 심장 밑바닥에서부터 뜨거운 열기가 치밀어 올랐다.

"괜히 삐딱하게 생각하지 마. 오랜만에 가족들 얼굴 보면서 저녁이나 먹으려고 초대한 거라고…… 모레야. 별장으로 꼭 와!"

나경이 전화를 끊어 버렸다. 나는 선풍기 앞에 얼굴을 바짝 댔다.

갑자기 초대라니. 어쩌면 내 생일을 금요일로 잘못 알고 있을 수도 있겠다는 생각이 들었다. 시계를 보니 밤 열 시가 넘어가고 있었다. 나경이 별장에 갔다가는 괜히 먹구름 같은 기분만 잔뜩 뒤집어쓰고 올 것 같았다. 선풍기를 강으로 켰다.

이틀 뒤, 학원 수업을 다음 날 특강으로 미루고 송정행 경전철에 몸을 실었다. 여름 햇빛에 늘어진 고무줄처럼 낭창낭창해진 나경의 목소리가 머릿속에서 사라지지 않았다. 내가 전화하지 않으면 동생이 먼저 안부를 묻는 일은 거의 없었다. 이제야 동생이 친정 식구들과 오순도순 잘 지내보려는 걸까?

송정의 하늘은 더없이 맑고 푸르렀다. 푸른 하늘과

바다가 맞닿는 곳에서 희뿌연 구름이 경계선을 지웠다. 여섯 시가 되려면 한 시간은 더 있어야 했다. 바다가 잘 보이는 카페에 들러 구석 자리에 앉았다. 쉬지 않고 출렁이는 파도를 보니 눈앞에 펼쳐진 바다가 생과 사의 중간 지점인 망각의 늪처럼 느껴졌다. 살아서는 닿을 수 없는 곳, 이곳에서 더는 볼 수도 만질 수도 없는, 오직 기억에서 꺼내야만 보고 느끼고 존재하는 이들. 어쩌면 수평선 저편에서 활발하게 살아 움직이고 있을 것 같았다.

카페에서 나와 별장으로 향했다. 소나무 숲이 우거진 양지바른 계곡 옆에 지어진 집은 중세시대 궁전처럼 보였다. 등산복 차림의 사십 대 중반쯤으로 보이는 두 커플이 쇠창살 틀 너머 대문 안을 이리저리 살피고 있었다.

"안녕하세요?"

나경이 초대한 손님인 줄 알고 인사를 꾸벅했다.

"지나가다가 집이 근사해서……."

두 커플은 대문 앞을 지나쳐 종종걸음으로 사라졌다.

나는 대문 밖에서 한동안 서 있었다. 나경은 정원 한쪽에서 꽃바구니에 색색의 장미꽃을 장식하고 있었다. 별장은 형우와 나경이 사귈 때 두어 번 따라왔다. 형우는 우리 가족이 필요할 때 언제든지 마음껏 이용하라고 했다. 결혼했다면 몰라도 아무런 연고 없이 남의 집에 덥석 들어가 여정을 풀 정도로 우린 염치가 실종되지 않았다.

결혼 준비를 시작하면서부터 우리 형제에게 선을 긋는 이는 나경이었다. 큰오빠는 삼 형제 모두 상견례 자리에 함께 가자고 했다. 사돈 간의 관계가 몇천만 분의 일로 맺어진 인연인데, 길거리에서 우연히 마주치더라도 남 바라보듯 지나칠 사이는 아니다. 이참에 양쪽 가족 모두 안면을 트는 게 옳다고 했다. 하지만 나경은 엄마와 고모, 고모부만 데리고 상견례에 갔다. 굳이 입으로 떠벌리지 않아도 고모 외모만으로 고모부의 경제력을 짐작할 수 있었다. 동생은 우리 형제를 시댁 식구들 앞에서 기죽게 하고 싶지 않다고 변명했다. 동생의 말에 어이가 없었다.

나는 구질구질한 기분에서 벗어나려고 동생이 안정된 환경에서 제2의 인생을 시작하는 게 다행이라며 머릿속에 숨어 있는 긍정의 단어들을 억지로 찾아냈다. 생각을 바꾸고 나니 동생이 우리가 올려다볼 수 없는 계급과 인연을 맺었다는 안도감마저 들었다.

초인종을 눌렀다. 대문이 열리고 나경이 하던 일을 멈추며 내게로 다가왔다. 미소를 지으며 나를 바라본 눈매는 그윽하다 못해 간절하다고나 할까. 별다른 이유 없이 갑자기 환대를 받자, 어떤 표정을 지어야 할지 이제껏 쓰지 않은 얼굴 근육만 어색하게 움직였다.

나경을 본 게 언제였던가. 우리가 나경을 만날 날은 기껏해야 일 년에 두 번, 엄마 생일과 아버지 기일 때였다. 큰오빠가 나경에게 장사 밑천을 한몫 빌리려고 한 뒤부터 나경과 우리의 관계는 나룻배가 없는 강을 사이에 둔 것처럼 소원해졌다. 아버지 기일에는 나경 부부가 참석하는 대신에 엄마 통장으로 돈만 들어왔다. 엄마에게 자식은 나경밖에 없는 것처럼 보였다. 눈앞에 안 나타나고 돈봉투를 내민 것이 효도인지, 돈 대신 몸으로 효도하는 게 더 잘한 건지, 저울질하지 않아도 엄마의 표정이 말해 주었다.

손에 가위가 들려 있던 나경의 얼굴은 백지장처럼 희었다. 평소와는 다르게 몸에 살이 많이 내린 듯했지만, 그게 별다르게 느껴지진 않았다. 외모 꾸미기와 살과의 전쟁을 직업처럼 성실하게 수행한 성과를 지나치게 거뒀다는 생각뿐이었다.

"와 줘서 고마워!"

"웬일이야?"

나경은 눈동자를 여러 번 굴렸다. 눈언저리에 맺힌 물방울을 감추려고 애쓰는 표정이었다. 나경이 가볍게 나를 끌어안았다. 나경이 품에 안겨 앞으로 형제들과 정답게 어울리는 풍경을 떠올렸다. 조금씩 제자리를 찾아가려는 동생의 모습을 보니, 그동안 가슴 밑바닥에 딱지처럼 붙어 있던 좋지 않은 감정들이 흐물흐물 물러지고 있었다.

"처형, 어서 와요."

형우가 다가와서 내 한쪽 손을 덥석 잡았다. 평소 같으면 나와 눈을 마주치지 않으려고 했을 제부였다. 처음엔 나와 나이가 같아 쑥스러워 그러려니 생각했다. 그런 생각은 어디까지나 상처받지 않고 자존심을 지키려고 스스로 내 안에서 작동하는 방어 기제였다. 뒤에 알게 된 일이지만, 나도 오빠처럼 돈 때문에 서로 심기를 불편하게 할까 봐 미리 눈길을 피하고, 말을 섞지 않았던 거였다. 내가 형우 입장이라도 충분히 그럴 가능성은 넘쳤다.

마당 한쪽 잔디 위에 야외용 피크닉 테이블이 두 개 놓여 있었다. 도우미 아주머니 둘이서 테이블에 음식을 차리느라 바쁘게 움직였다.

다섯 시가 되자, 두 오빠와 엄마가 들어왔다. 형우가 엄마와 오빠들에게 다가가서 큰오빠 손을 덥석 잡았다.

"형님, 가족들 모시고 오느라고 고생 많으셨습니다."

"불러 줘서 고맙네! 우리 이제부터라도 접착제처럼 끈끈한 형제애를 발휘해 보세."

큰오빠는 손바닥으로 형우의 손등을 어루만졌다.

"당연한 말씀을. 제가 다 고맙습니다."

오빠는 고개를 두리번거리며 별장을 살폈다. 도우미 아줌마가 원탁 테이블에 술과 음식을 날랐다. 어느새 식탁 위에는 풍성한 만찬이 차려졌다.

큰오빠는 손수건으로 흐르는 땀을 닦으면서 흡입하듯 만찬을 즐기고, 작은오빠는 입에 술을 털어 넣고 있었다. 잠시 젓가락과 숟가락 움직이는 소리만 들리며 침묵이 흘렀다. 형우는 식사하는 장면을 휴대폰 렌즈에 담느라 바쁘게 움직였다.

나경은 젓가락으로 밥알 숫자를 헤아리기라도 하듯 몇 개씩 입으로 가져갔다. 엄마는 손으로 굴비 살을 발라서 나경의 밥 위에 올려놓았다. 나경은 굴비 살을 다시 엄마 밥숟갈 위에 얹었다.

"내 신경 쓰지 말고 엄마나 많이 먹어."

"어서 팍팍 좀 먹어라! 며칠 굶은 사람처럼 얼굴이 왜 그러냐?"

나경은 젓가락을 물고 뭔가 말하려는 듯 망설이다가 고개를 푹 숙였다.

"여자 몸에 살이 좀 있어야지 삐짝 말라 있으면 쭉정이 같아 꼴 뵈기 싫어. 자 이거 먹어."

엄마가 소금 구이한 새우 껍질을 까서 나경의 입에 넣으며 애처로운 눈으로 쳐다보았다. 나경을 바라보는 그 눈빛은 언제나 특별했다. 나경의 잘못이건, 내 잘못이건, 어떤 상황에도 화살은 내게 날아왔다. 가끔은 내게 엄마 대리자로서 나경의 보호자 역할까지 강요했다. 너는 언니니까. 밥을 먹었어도 네가 더 먹었고, 일찍 태어났으니 부모와 함께한 시간이 나경보다 길다. 다른 자식에 비해 막내는 언젠가는 세상을 떠나야 하는 부모의 사랑이 짧다. 그래서 형제들 중에 막내가 가장 불쌍하다. 이성적으로 생각하면 엄마 말이 마땅하고 당연했다. 하지만 엄마는 내 기분도 생각해 줬어야 했다. 나는 일부러 젓가락을 상 위에 툭툭 내리치며 음식을 꾸역꾸역 입으로 밀어 넣었다.

머리가 지끈거렸다. 나는 관자놀이를 손가락으로 지그시 눌렀다. 엄마는 나를 힐끔 보더니 이내 나경에게 얼굴을 돌렸다. 엄마에게 열 손가락 깨물어 안 아픈 손가락 없다고 하지만 손가락마다 통증의 차이는 달랐다. 같은 형제라도 유독 서로 통하는 사이가 있는 것처럼, 부모와 자식 간이라도 분명 더 당기는 핏줄은 있었다. 사회적 불평등은 가정에서부터 이미 존재하고 있었고 그 서열에 뒤처진 나는 무리에 떨어져 나오는 게 당연했다. 내가 독립적 공간을 갖게 된 것은 조력자 나경의 역할도 컸다.

식사가 어느 정도 끝나자, 도우미 아줌마가 후식으로 열대 과일과 식혜를 가져왔다. 그때 나경이 고개를 숙이며 두 손바닥에 얼굴을 묻고 흐느꼈다. 형우가 나경의 등을 토닥이며 머뭇거리다가 입을 열었다.

"뭐라고 말씀드려야 할지……."

형우는 말을 하려다가 눈을 지그시 감았다.

"느그들 왜 그러니? 뭔 일 있는 거냐?"

뜻밖에 불길한 예감이라도 감지한 듯 엄마의 목소리가 흔들렸다.

"사실은 며칠 전에 나경이 갑자기 쓰러져서 종합병원에 가서 건강검진을 받았어요. 제 아내 어떡해요?"

형우의 코끝이 빨개졌다. 나경이 빈혈 때문에 잠시 문제가 생긴 걸 가지고 또 부산을 떨었다. 두 달 전에 나경이 갑자기 토하고 쓰러져서 병원에 실려 간 적이 있었다. 사춘기가 시작될 때부터 나경은 종종 빈혈을 호소했기에, 가끔 링거도 맞고 철분 보조식품을 끊은 적이 없었다.

"병원에서 뭐라고 하던데? 어서 말해 봐!"

나경은 손바닥으로 얼굴을 가리며 어깨를 들썩였다.

"나경이 혈액암이랍니다."

"자네 지금 무슨 소리 하는 거야?"

두 오빠가 와인 잔을 입술에서 떼며 눈을 동그랗게 떴다.

"저도 믿고 싶지 않습니다."

내 가슴이 철렁 내려앉았다. 다시 관자놀이가 지끈거리며 가슴이 답답했다. 큰오빠가 휘청거리는 엄마를 부축했다. 작은오빠는 의자에 몸을 기댄 채 허공을 바라보며 한숨을 내쉬었다. 엄마는 소매 깃으로 눈물을 닦으며 형우에게 물었다.

"치료할 방법은 있는 거야?"

형우의 눈을 아주 짧은 시간 동안 응시했다. 누가 보아도 엄마의 눈빛은 날카로웠다. 자신의 딸이 이 지경까지 된 까닭은 형우가 스트레스를 많이 줬기 때문일 거라는 무언의 질책 같았다. 엄마는 일그러진 형우의 표정을 의식하고 얼른 시선을 나경에게로 돌렸다.

"치료할 방법은 골수 이식밖에 없다고 합니다. 처형과 형님들이 병원에 가서 조혈세포 검사를 받아야 해요. 한 분이라도 유전자가 일치하는 사람이 있으면 나경일 살릴 수 있습니다."

"후, 그렇다면 다행이네. 형제가 셋이나 있는데 그중에 한 명은…… 안심은 되지만……."

엄마는 또 신음 같은 울음을 토해냈다. 형우가 엄마 등을 쓸어내렸다.

"장모님, 걱정하지 마세요. 당장 월요일에 병원에 가서 유전자 검사부터 받아야 합니다."

엄마는 두 오빠와 나를 바라보다가 울음을 뚝 그쳤

다. 갑자기 이마를 감싸고 있는 세포 숨구멍마다 식은땀이 비집고 나왔다. 미처 슬퍼할 겨를도 없이, 마음 깊숙한 곳에서 난처함이 가슴 밑바닥에서 차고 올랐다. 나경을 잃을지도 모른다는 두려움이나 동생을 살려야 한다는 의지가 전혀 생기지 않는 건 아니었다. 하지만 내 팔을 관통하는 정맥에 꽂힐 주삿바늘이, 굵은 바늘이 골수를 뚫고 들어오는 고통이, 마취 주사를 맞고 수술대 위에 누워 있을 내 모습, 마취에서 깨어나지 못할 수도 있다는 불안함, 동생을 위해 병원에 입원해야 하는 동안 일그러질 학원 원장의 표정, 어쩌면 직장을 잃을 수도 있다는 내 처지가…… 지금의 삶을 흔들어 놓을 변수들을 어떻게 감당해야 할지. 다시 머리가 지끈거리며 숨쉬기가 힘들어졌다.

오빠가 내 팔을 지그시 잡았다.

"혜경아, 다 괜찮아질 거야. 우리 중 누구라도 조혈세포만 일치하면 막내를 살릴 수 있다고 하잖아."

"우리 어떡해?"

"어떡하긴, 내일 당장 병원에 가서 검사부터 해야지."

무서운 생각을 몰아내려고 허리를 숙여 보고, 하늘

을 올려보다가 두 오빠를 보았다. 작은오빠는 발아래에 잔디를 물끄러미 헤아리고 있는 듯했다. 큰오빠는 구두 볼 끝으로 잔디 밑동을 툭툭 쳤다. 혼란스러웠던 마음은 가라앉았다. 남의 시선 때문이라도 골수 검사는 기꺼이 받아 주는 게 마땅했다.

형우는 아직도 카메라를 들고 나경의 앞뒤, 양옆, 위아래를 렌즈에 담고 있었다. 마치 영정 사진이라도 담아 놓으려는 듯.

"오빠들 회사는 어떡해?"

"어떻게든 되겠지……."

큰오빠는 한숨을 삼키려는 듯 숨을 길게 들이마셨다가 조용히 코로 내뱉었다. 나는 이제 일어나자며 속삭였다. 동생이 생사의 갈림길에 있는 줄도 모르고, 어울리지 않는 파티에 초대받아 잠시나마 그들의 대열에 올라섰다고 착각했던 우리가 한심스러웠다. 있어봤자 우스운 꼴만 더 보여 줄 것 같았다.

"월요일에 병원 가서 검사를 받을 테니 맘 편히 쉬어."

나는 엄마 손을 이끌고 별장을 나왔다.

대문 앞까지 형우와 나경이 따라 나왔다. 둘은 처음

보다는 편안해 보였다. 나 또한 두 오빠 중에 한 명이 나경을 벼랑 끝에서 구해 줄 생각을 하니 마음이 가벼워졌다. 나경은 장미 꽃바구니를 내 손에 쥐여 주었다. 큰오빠가 자동차로 버스 정류장 앞까지 태워 주었고, 나는 꽃바구니를 들고 집으로 돌아왔다.

의사가 오진할 수도 있었다. 진료실 문을 열고 의사 앞에 앉을 때까지만 해도 그럴 거라고 믿었다. 의사의 눈을 똑바로 바라보며 다시 물었다. 형제 중에 나만 나경과 조혈세포가 팔십 퍼센트 일치한다는 말은 단호했다. 무표정한 의사 앞에서 심장이 조여 왔다. 질문 있느냐는 의사의 물음에도 당장 떠오르는 게 없었다. 숨쉬기가 힘들고 앞이 캄캄할 뿐이었다.

나경과 내가 닮은 곳이라고는 어느 한구석도 없었다. 키가 백육십 미터를 못 넘은 나는 짜고 기름진 음식을 좋아했고, 백칠십을 훌쩍 넘은 나경은 시고 담백한 맛을 좋아했다. 내 피부는 까무잡잡한 지성이다. 나경은 우윳빛을 한 매끄러운 건성 피부에 곱슬머리다. 나경은 봄가을만 되면 알레르기 비염으로 항히스타민제에 의존하며 가족에게 애정 가득한 동정을 받았다. 나는 그 흔한 감기몸살 한 번 제대로 앓은 적이 없었다. 당연히 두 오빠 중 누군가가 나경과 조혈세포가 맞을 거라고 확신했다. 골수 검사 결과를 의사에게 직접 듣기 전까진 그랬다.

부산역에 도착한다는 안내 방송이 어렴풋이 울렸다. 그동안 수없이 지나쳐 온 기차역의 안내 방송이 귀에 들어오질 않았다. 휴대폰 전원을 다시 켰다. 엄마에게서 부재중 전화가 여섯 통이나 와 있었다.

입원을 앞두고 어떤 계획을 세워야 할지 딱히 떠오르는 게 없었다. 카페에 들러 에스프레소 커피를 시켰다. 커피의 쓴맛이 느껴지지 않았다. 오토바이 한 대가 달리는 자동차 사이를 곡예하듯 경적을 울리며 지나갔다. 머리가 터질 것 같았다.

다음 날, 학원 원장에게 한 달 동안 휴가를 내야 한다는 말을 차마 하지 못했다. 수업을 끝내고 곧바로 집으로 들어왔다. 불도 켜지 않은 채 침대에 누웠다. 이리저리 몸을 뒤척여 봐도 여전히 두통은 가라앉지 않았다. 이마에서 땀이 흘러내렸다.

탁자 위에 동생이 준 장미 바구니가 덩그러니 놓여 있었다. 오아시스에 이식한 장미가 점점 생기를 잃어

갔다. 처음 가져왔을 때는 장미향으로 방 안을 가득 채웠다. 하지만 날이 지날수록 향기는 약해지고 싱싱했던 꽃잎은 시들어 가고 있었다. 이틀에 한 번은 스프레이로 꽃잎에 물을 뿌려 주고, 오아시스에 깨끗한 새 물을 채워 주었다. 제 수명을 다한 꽃송이는 온갖 노력에도 생기를 되찾지 못했다. 버리려고 하니 괜히 허전할 것 같았다. 방 한구석이라도 자리를 차지하고 있는 게 오히려 없는 것보다 좋았다.

다시 일어나서 냉장고 문을 열었다. 잊고 지냈던 위스키가 눈에 들어왔다. 2년 전 여름에 나경 부부가 러시아 여행을 다녀오면서 선물로 준 술이다. 위스키의 뜨거운 기운이 몸에 들어가자 오히려 더위를 잊을 수 있었다. 침대에 누워 천장을 바라보았다. 언니와 동생의 관계를 떠나서 나경이가 내게 해 줬던 게 뭐였을까. 떠오르는 것은 위스키 한 병과 나경이 입다가 싫증난 헌옷 몇 박스였다. 술기운 탓인지 천장에서 별이 보였다. 그 틈으로 학원에서 기계적으로 중고등학교 화학을 가르치고, 퇴근하면 습관적으로 원룸으로 돌아오는 내가 보였다.

핸드폰에서 나경의 인스타그램을 열었다. 환자복을

입고 있는 나경과 형우가 얼굴을 맞대고 찍은 모습, 형우네 별장에 초대받았던 파티장의 사진이 올라와 있었다. 웃는 건지 우는 건지 알 수 없는 나경의 표정. 마당 가장자리에 피어 있는 여러 색의 싱싱한 장미들, 상다리 부러지게 가득 차린 탁자 위의 음식들…… 그들에겐 랜선에 일상을 공개하는 것이 암 수술만큼이나 중요한 일과 같았다.

잠이 오기를 기다렸다. 눈을 감으면 잠은 더 멀리 도망갔다. 잠자는 시간만큼은 현실을 망각할 수 있어 좋았지만, 그것마저 뜻대로 되질 않았다. 민수 어머니에게 당분간 못 갈 거라고 전화를 했다. 며칠 소식이 없으면 혹여나 기다릴 것 같았다. 민수 어머니가 알아들을 수 있게 발음할 수 있는 건 '고맙다'는 말뿐이었다. 아침에 일어나면 마지막 피 검사를 하러 병원에 가야 했다.

간호사가 내 팔에 주삿바늘을 찌르며 말했다.

"피 검사 결과 보고 이상 없으면 언제든지 수술 날을 잡으면 됩니다."

가슴에 통증이 몰려왔다. 채혈실을 나와 대기실 의

자에 앉아 한동안 심호흡을 했다. 이성적으론 내가 가야 할 길을 명확히 알고 있지만, 마음은 짙은 안개 속으로 한없이 빨려 들어가고 있었다. 누구라도 붙들고 무슨 말이든 입에서 나오는 대로 뱉어 내기라도 하면 속이 후련해질 것 같았다. 대기실 의자에 앉아 큰오빠에게 전화를 걸었으나 받지 않았다. 한참 뒤, 다시 전화를 걸었다. 수신음이 뚝 끊겼다. 다시 통화 버튼을 누르려다가 그만두고 작은오빠에게 보이스톡 발신 버튼을 길게 눌렀다.

"혜경아 지금 어디야?"

"병원. 왜 하필 나냐고."

"무슨 말을 그렇게 본새 없이 하냐? 내가 나경이와 맞았다면 당장 수술 들어가자고 했을 거야."

나는 숨을 깊게 들이마셨다.

"당사자 아니라고 말 쉽게 하지 마! 줄지 말지는 내가 결정해!"

"허 참, 내가 대신 줄 수도 없고…… 네가 아니면 안 된다고 하니 뭐, 어쩌겠냐?"

"나도 요즘 자주 머리가 아프고 가슴이 답답하다고!"

"집에 돌아가거든 와인 한잔하고 자. 아침에 일어나면 다 괜찮아질 거야. 너라도 일치하니 얼마나 다행인지 모르겠다 야. 막내 암이라는 소리 들었을 때 정말 눈앞이 노랗더라고…… 막내를 이렇게 보내고 나면 우리 어쩔 뻔했냐?"

"내 말 안 들려? 나도 몸이 이상하다고!"

"우리 막내 목숨 구한다는 생각만 해. 근무 중이라 전화 끊어야겠다."

작은오빠는 서둘러 전화를 끊어 버렸다. 큰오빠에게서 온 전화는 없었다.

나경이 입원해 있는 병실에 가지 않고 바로 병원 문을 나섰다. 몇 번이고 휴대폰이 울렸다. 형우에게 온 전화였다. 받지 않았다.

열차 안에서 핸드폰으로 혈액암에 대해 인터넷을 검색하고, 유튜브에 올라온 조혈세포 이식에 관련된 동영상을 훑어봤다. 요즘 세상에 환자에게 골수를 이식하는 건 간단하다. 골수 이식 뒤에 오는 부작용도 며칠이면 치료가 된다 등…… 하지만 내 인생에서 이런 상황은 피해 갈 줄 알았다. 어차피 인생이라는 게 새로운 것, 친숙하지 않은 것, 아직 체험하지 않은 것이 끊임없이 이어지는 거라고 화학 반응식 외우듯 머릿속에 되새기며 살아왔다. 하지만 이성과 다르게 의식은 끝없는 벼랑 아래로 한없이 곤두박질쳤다.

수술하는 두려움보다 학원을 휴강해야 한다는 마음이 더 무거웠다. 분필 가루 마시며 입에 단내 나도록 지껄여서 받은 시급이라야 제대로 먹을 만한 한 끼 밥값 정도다. 내게 주어진 할당량은 일주일에 열다섯 시간. 빠듯하게 분배된 생활비 목록 중 병원에 검사하러 다녔던 기차표 비용을 덜어 낼 곳은 없었다. 할 수 없이 오십만 원인 원룸 한 달 임대료를 이십만 원만 내고, 나머지는 다음 달에 꼭 주겠다며 주인 아줌마에게 문자를 보냈다. 원룸 주인에게 온 답장은 없었다.

학원 원장에게 동생 사정을 말하며 한 달 휴가를 신청했다. 마지막 피 검사를 하고 나니 더는 물러설 곳이 없었다. 원장은 하루 이틀도 아니고, 거의 한 달간 임시 강사로 대체해야 하는데 어떻게 해야 할지 고민이라며 눈살을 찌푸렸다. 수업을 끝내고 나오면서 사직서를 제출했다. 원장은 문 앞까지 따라 나오면서 언제든 필요할 때 다시 전화 주겠다며 문을 쾅 닫았다.

전화벨이 울렸다. 나경에게 온 전화였다.

"언니, 수술이 금요일인 거 알고 있지? 자세한 건 오늘쯤 병원에서 연락 올 거야."

"……."

"내일 아침에 김 서방이 언니 데리러 갈 거야. 준비하고 있어."

"……."

나경의 목소리에는 이제 살았다는 안도감과 당당함마저 배어 있었다.

"언니 내 말 듣고 있어?"

"응……."

나경의 말끝이 마치 내게 골수를 맡겨 놓았다가 찾아가는 것처럼 들렸다. 나경과 엄마가 수술 날을 잡았다. 나에게는 사전에 연락도, 한마디 의논도 없었다. 가족들 누구도 나경이 수술을 하고 난 뒤 내 거처에 대해서는 언급하지 않았다. 지방에선 알아주는 명문대 졸업자인데 돈은 많이 벌지 않았느냐? 혼자 살면서 돈 들어갈 일이 뭐가 있냐? 그동안 모은 돈 이럴 때 써야지 언제 쓸 거냐며 다들 한마디씩 거들게 뻔했다. 속이 타들어 가는 건 나뿐이었다.

나경이 혈액암 진단을 받은 뒤로 엄마가 더 싫었다.

전화를 끊고 엄마에게 전화를 걸었다.

"엄마 맘대로 수술 날을 잡으면 어떡해?"

"그걸 말이라고 하냐? 막내 암이 더 퍼지기 전에 하루라도 빨리 수술해야지!"

나는 전화를 툭 끊어 버렸다. 갑자기 나경이 내 인생을 낚아채 간다는 배신감마저 들었다. 누구라도 붙들고 마음을 털어놔야 시끄러운 마음이 가라앉을 것 같았다.

가장 친한 친구 향에게 전화를 걸었다. 이 미친! 이 상황에서 골수를 줘야 할지 말아야 할지 고민이 돼? 만약 네 동생이 잘못되기라도 하면 두 다리 쭉 펴고 살 수 있겠어? 향은 나를 이해할 수 없다는 반응이었다. 나는 꼼짝 없이 수술대 위로 올라가야 했다. 수술대 위에서 떨고 있을 내가 보였다. 반인륜적이고 몰상식적이고 몰인정한 패륜아라고 낙인찍히는 것보다 더 무서웠다.

2년 전, 근무했던 학원이 경영난으로 폐업하던 날이었다. 암담했던 마음을 둘 곳이 없어 민수 어머니를 찾아갔었다. 때마침 민수 어머니는 쓰러져 있었고 입은 돌아가고 바닥에 소변이 흥건히 있었다. 민수 어머니가 퇴원한 날에 내 통장 잔고는 바닥났다. 하필 몇 달 동안 일자리도 구하지 못했다. 하루 세 끼니는 라면으로 때울 수 있었지만, 밀린 월세와 전기세, 수도세는 계약서대로 내지 않으면 안 되었다. 빠듯한 월급 생활을 하는 오빠들에게 부탁할 수 없어 나경에게 전화했다. 취업이 되면 차차 갚을 테니 이백만 원만 빌려달라고 했다. 나경이 한동안 말이 없더니 저녁에 전화를 다시 주겠다고 했다.

나경이 전화가 왔다. 형제 간이라도 돈거래는 애당초 싹이 올라올 때 뽑아야 한다며 형우가 손사래를 쳤다고 했다. 직업을 잃은 설움보다 동생 부부에게 돈을 구걸하는 내가 더 끔찍하고 비참했다. 생활비를 타서 쓰는 나경의 마음을 모르는 것은 아니었다. 그렇다고 형우의 말에 상처를 받았다는 것은 더더욱 아니다. 어떤 행위든 서로 처한 입장에 따라 각자 다른 감정이 존재하는 거니까. 그때 겪었던 초조한 감정이 잠자던 내 의식을 다시 일깨웠다.

망설이고 싶지 않았다. 큰오빠에게 전화를 걸었다.

"오빠 나 골수 못 주겠어."

"인제 와서 무슨 뚱딴지같은 소리냐?"

"나도 죽을 것 같아. 엄마에게 오빠가 대신 말해 줘."

"하, 넌 이 상황에서 그런 말이 나와. 괜히 쓸데없는 생각하지 마."

"내 몸도 안 좋다고! 엄마한테 말해 줘. 부탁이야."

내 말만 끝내고 전화를 끊었다. 침대에 눕자 탁자에 놓여 있는 꽃바구니에서 큼큼한 냄새가 났다. 오아시스에 이식한 가지의 밑동이 썩어 가는 모양이었다. 버리려고 하니 빈자리가 허전할 것 같고, 더 두려고 하니 악취가 풍겼다. 허전한 마음은 허전함으로 채우면 되는 거였다. 나는 장미 바구니를 재활용 봉투에 담아 현관문을 열고 나갔다. 계단을 내려가서 꽃바구니가 든 봉투를 쓰레기통 안으로 밀어 넣었다.

휴대폰 벨 소리가 울렸다. 엄마에게 온 전화였다.

"혜경아, 왜 그래?"

"내가 뭘?"

"언니잖아. 일단 막내 목숨부터 살려야지."

"엄만, 내 걱정은 안 돼?"

"의사에게 다 알아봤어. 이제껏 조혈세포 주고 죽은 사람 한 명도 없다더라. 대부분 몇 주 지나면 정상으로 회복할 수 있대."

"그걸 내가 몰라서 이러는 건 아니잖아. 나도 아프다고!"

어지럽고 속이 울렁거리며 숨이 막혀 왔다. 나도 환자만큼 엄마에게 위로받고 싶었다.

나는 방 안의 묵은 공기를 바꾸려고 현관문을 열며 숨을 길게 들이마셨다. 갑자기 아빠가 생각났다. 당뇨 합병증으로 신장 투석을 받을 때 아빠 형제 중에 어느 한 사람도, 아빠에게 도움을 받았던 이웃도, 아빠에게 신장 한쪽을 나눠 주겠다는 사람은 없었다. 아빠는 자식의 신장은 절대로 받을 수 없다고 했다. 그때 아빠는 누구에게도 원망하는 마음을 표현하지 않았다. 아빠가 세상을 떠난 뒤, 신장 하나를 떼어 주지 못해 후회한다고 말하는 핏줄은 아무도 없었다.

아침 햇살에 눈을 떴다. 시계를 보니 일곱 시였다. 벨이 울렸다. 일그러진 얼굴을 한 형우가 문 앞에 서 있었다.

"처형이 이렇게 나올 줄 몰랐네요. 이건 나경이가 보낸 간절한 부탁이에요."

형우가 탁자 위로 두툼한 은행 봉투를 툭 던졌다. 입이 벌어진 봉투 안에서 오만 원짜리 지폐가 책장처럼 쌓여있었다.

"다들 왜 그래! 나한테 왜 이래?"

나는 여행용 캐리어에 옷 몇 벌과 소지품을 주섬주섬 담았다. 나경에게서 최대한 멀리 떠나고 싶었다.

"처형, 어디 가려고요?"

나는 콜택시 회사에 전화를 걸었다.

"지금 계신 곳이 어디입니까?"

"명륜동 이레 원룸 앞이에요."

"삼 분 뒤에 도착합니다."

"처형, 제발 이러지 마세요."

형우가 내 앞을 가로막았다. 나는 형우를 밀치고 캐리어를 끌고 방을 나왔다. 형우가 나경에게 다급하게 전화를 걸고 있었다. 나는 서둘러 현관문을 나섰다.

택시가 원룸 입구에 서 있었다.

"어디로 모실까요?"

"어디든 일단 여기를 벗어나 주세요."

처형! 처형! 형우가 계단을 뛰어 내려오고 있었다. 폰에서 벨이 울렸다. 나경에게 온 전화였다. 휴대폰 전원을 껐다.

차장 밖으로 우두둑 빗방울이 떨어지기 시작했다.

로터스

남편은 신고 있던 하이힐을 벗어 손으로 움켜잡았다. 갑자기 핑크색 덩어리 두 개가 공중에서 허우적거렸다. 느닷없이 이는 바람에 목이 꺾여 휘날리는 장미송이 같았다. 분홍색 하이힐이 맥없이 바닥으로 떨어져 나뒹굴었다. 벌써 세 번째 고친 샘플 하이힐이다. 물방울 다이아몬드 큐빅이 박힌 뒤꿈치, 금색의 휘어질 듯 가녀린 굽, 발등을 감싼 깔끔한 앞볼, 현관 신발장에 진열해 두고 감상만 해도 휑한 마음 한구석을 매울 것 같은 디자인이었다. 그가 바닥에 흩어져 있는 하이힐 두 짝을 집어 쓰레기통 속으로 밀어 넣었다.

"또 뭐가 문젠데?"

내가 퉁명스럽게 쏘아보았다.

"처음 신을 때는 잘 몰랐는데 몇 계단 내려가 보니

발가락이 옥조였어. 이렇게 불편해서야! 신었다는 느낌이 나지 않는 게 명품 아니겠어."

그의 말은 속삭이듯 낮고 가늘었지만, 마음속에는 꺾이지 않을 확고한 의중이 뿌리를 내리고 있었다. 아버지 없이 자란 나에게 남편의 고집스러움이 신혼 때는 남자 중의 남자로 보였다. 하지만 세월이 흐를수록 남편의 그런 성격 때문에 오히려 바닷물이 턱밑까지 차오르는 느낌이 들 때가 한두 번이 아니었다.

신상품 한 켤레를 만들려면 일주일 동안 골머리를 싸매야 했다. 구두를 만드는 데 있어서 모양이 매끈하면 발이 불편하고 발이 편하면 모양이 별로였다. 이 둘을 딱 떨어지게 조정하는 것이 여간 어려운 일이 아니었다. 남편은 그거야말로 구두장이가 찾아내야 할 숙명이 아니겠냐며 강조했다. 남편의 말이 다 옳은 건 아니었다. 조금 불편하긴 해도 시상식이나 국제영화제 같은 행사에서 맵시를 잡아 주는 역할을 무시해서는 안 된다. 오랜 세월 여성의 구두를 연구한 남편이지만 아름다움을 위해라면 어떤 고통도 마다하지 않는 여자들의 마음까지는 헤아리지 못한 모양이었다. 그가 아무리 여자 흉내를 낸다 한들 속까지 여자가 되지 못한 이유였다.

그가 호주머니 속을 더듬거리며 밖으로 나갔다. 나는 뒷모습이 사라질 때까지 그를 바라봤다. 두루뭉술하게 넘겨도 될 일을 굳이 각을 세우고 사는 그가 답답하기도 하고, 결벽증에 가까운 그의 성격 때문에 자신을 스스로 옭아맨 것 같아 안타깝기도 했다. 열어놓은 화장실 창문으로 하얀 연기가 새어 나왔다. 함께한 시간이 이십 년을 넘겼는데도 서로의 마음은 교차로가 없는 고속도로의 양 차선을 달리는 것 같았다.

신상품이 나오면 샘플 테스트는 남편이 직접 했다. 남편은 샘플 구두를 신고 열 평 남짓한 개발실 안을 한 바퀴 돌고 나서 삼 층 계단을 내려가는 것에서부터 시작했다. 나이 육십이라고 믿기지 않을 정도로 그의 다리 근력은 탄탄했다. 남편의 걸음걸이만 봐도 구두 상태를 짐작할 수 있었다. 이번 신제품 구두는 굽 떨어지는 소리가 둔탁한 것 말고는 뒤태가 예뻤고 걷는 자세도 나쁘지 않았다. 남편은 재단실을 지나 밑창 제조실을 돌고, 마지막으로 봉제실과 제화작업실까지 걸어갔다가 되돌아오는 것으로 샘플 구두 테스트를 끝냈었다. 일 층 공장을 돌고 이 층 사무실로 돌아오는 시간은 십오 분이면 족했다. 나는 초조하게 회의 탁자 옆에서 그를 기다려야 했다. 나와 개발실 직원이 함께 디자인한 샘플 구두는 남편의 테스트를 통과해야만 비로소 제화실로 넘겨질 수 있기 때문이었다.

회전의자에 앉아 있는 남편의 입에서 긴 한숨과 함께 텁텁한 입김이 흘러나왔다. 그렇지 않아도 진공 속 같은 사무실 분위기가 더 둔탁하게 느껴졌다. 전화를 받던 미스 신이 수화기를 놓고 컴퓨터 화면에 얼굴을 가까이 묻었다. 나는 커피메이커에 원두를 넣으며 남편을 돌아봤다. 그는 눈을 지그시 감고 있었다. 신제품이 마음에 들지 않으면 문제점을 찾을 때까지 구두에서 눈을 떼지 않던 남편이었다. 남편이 의자에 몸을 묻고 멍하게 있는 시간이 길어진 것은 고교 동창생인 성민의 부인 장례식장에 다녀온 후부터인 것 같다.

남편은 동창 밴드에서 성민의 소식을 알았다고 했다. 고교 졸업 이후부터 소식이 끊긴 친구였다. 성민과 연락이 닿은 후부터 남편은 이틀에 한 번꼴로 성민과 전화 통화를 했다. 수다가 여자들의 전유물만은 아니었다. 성민과 전화할 때 남편 표정은 영락없는 십 대 소년처럼 볼이 붉게 물들 때도 있었고, 전화기를 귀에 붙이고 뗄 생각을 하지 않을 때도 많았다. 내가 그냥 지나치는 말로라도 성민을 집으로 초대하자고 제안하면 남편은 그럴 필요까진 없다며 자리를 뜨곤 했다.

남편이 휴대폰을 호주머니에서 꺼냈다. 또 성민에게 전화를 하려는 모양이다. 나는 뜨거운 커피 잔을 그의 책상 위에 올려놓았다. 희뿌연 김이 커피 잔 안에서 두 갈래로 춤을 추듯 피어올랐다. 김을 타고 퍼지는 커피 향이 뇌의 도파민을 분비시키기에 충분했다. 커피 향은 손을 내밀면 잡힐 것 같으면서도 이내 녹아들듯 사라졌다. 어차피 손아귀로 움켜쥘 수 없는 실체였다. 그래서 사람들은 쓴 커피를 아예 갈아 마시는 것을 즐겼을지도 모른다. 그가 나를 힐끔 쳐다봤다. 휴대폰을 다시 주머니 속으로 밀어 넣더니 커피 잔을 들고 진열장 앞으로 다가갔다.

사무실 한쪽 벽면에 세워진 샘플 진열장에는 하이힐이 백 켤레나 됐다. 디자인은 각각 달랐지만 모든 하이힐 샘플은 사이즈가 250mm이다. 남편의 발 사이즈에 맞춰 만든 샘플 제품으로 색상은 대부분 분홍색 계열이었다. 분홍색 하이힐 옆에 검은색 소가죽으로 광을 낸 남성용 구두 한 켤레가 유일하게 놓여 있다. 우리 공장에서 처음 만든, 남편이 손수 제작한 남성 구두였다. 사이즈는 265mm다. 이왕 만들 거면 자기 사이즈에 맞는 구두를 만들 일이지, 하는 아쉬움이 들었다. 남편은 정작 자신의 신발은 기성화를 사서 신었다. 자신의 구두 한 켤레 때문에 시간을 허비할 수는 없다고 했다. 한 쌍의 구두는 누군가의 결혼식 때 신을 커플룩처럼 그 날을 기다리고 있는 것 같았다.

그는 골똘히 진열장 안의 구두 샘플들을 바라보고 있었다. 이번 신상품에 대한 기대가 너무 컸던 탓일까. 그의 신념을 내가 모르는 것은 아니다. 그의 성격처럼 모든 것이 완벽해서 나쁠 것은 없었다. 그렇다고 모든 것이 완벽할 필요도 없었다. 어느 한 부분만 마음에 들어도 만족하는 고객들도 있었다. 사람의 취향은 틀 속에서 찍어 나온 머핀 같은 것이 아니라 백사장에 널려 있는 모래처럼 제각기 달랐다. 그가 커피 잔을 들고 파티션 너머인 개발실로 갔다. 나도 냉장고에서 생수를 꺼내 들고 개발실로 갔다.

남편이 한쪽 구석에 앉아 검은색 소가죽 위에 남성 구두 도안을 흰 초크로 그렸다. 그가 또 남성 구두를 만들 모양이었다. 남편은 작업대에 허리를 굽혀 초크의 선을 따라 가위의 양날 틈으로 가죽을 밀어 넣고 있었다. 누구를 위한 구두인지 일일이 간섭할 필요까지는 없었다. 살다 보면 모르는 척하고 사는 게 편할 때도 있다. 부부라고 해서 서로의 속을 손바닥에 펼쳐진 손금 살피듯 너무 알아도 되레 마음에 그늘만 만들었다. 나는 단지 그가 아픈 팔을 좀 쉬었으면 하는 마음뿐이었다.

남편은 어깨를 수술한 이후로 구두 앞부분과 뒷부분을 라스팅하는 자동화 기계를 주문했다. 며칠 후면 기계가 도착한다. 자동화 기계가 들어오면 남편의 몸에 수술용 칼을 대는 일은 더는 없을 것이다. 그도 은근히 기계를 기다리는 것 같았다. 생수를 놓고 개발실을 나왔다.

오후 여섯 시가 되자 직원들이 하나둘 퇴근했다. 나와 남편은 재고 정리를 하고 오늘 입고된 재료와 출고된 상품의 수량, 완성품의 수량을 점검했다. 각 거래처의 주문서를 확인하고 일 층으로 내려가 밑창실, 재단실, 봉재실, 완성실을 다니면서 불이 켜졌거나 꽂혀 있는 콘센트가 없는지 살폈다. 남편과 공장을 나왔다.

욕실로 들어간 남편이 핑크색 잠옷을 걸치고 나왔다. 그는 차를 마실 때도 예쁜 잔에 담아 마셨고, 밥을 먹을 때도 하얀 식탁보를 깔고 밥상을 차렸다. 반찬 그릇도 붉은색 꽃무늬가 그려진 도자기에 먹을 만큼만 담아 식탁의 격을 갖췄다. 구두를 만드는 것과 예술을 동격으로 생각하는 남편이라 그럴 수 있을 거라 이해하려 했다. 한편으로는 그런 격식 따위가 내용물에 어울리지 않은 포장지 같다는 인상을 지울 수 없었다. 오히려 생활하는 데 있어 합리적이지 못한 겉치레라며 되레 남편을 핀잔했다. 하지만 취향이 별나다고 인성까지 별나지는 않았다.

그가 화장대 앞에 앉았다. 스킨, 로션, 수분크림, 영양크림, 아이크림을 얼굴에 펴 발랐다. 화장품이 묻은 두 손으로 불거진 목울대까지 한참동안 어루만졌다. 그가 보석함을 꺼내 반지와 팔찌를 찼다. 보석함에 있는 다이아몬드, 금, 진주 등은 모두 그가 사들인 것들이다. 그 많은 보석 중에 나는 진주 귀걸이와 진주 목걸이를 딱 한 번 걸어 봤다. 아들 결혼식 때였다. 며느리는 호주 여자로 아들이 미국 유학하다 만난 사이였다. 한복에는 진주가 제격이라며 그가 직접 내 목과

귀에 걸어 줬다. 그가 약지 손가락에 다이아몬드가 박힌 반지를 끼고 거울에 손을 비췄다. 나는 그에게 달려들어 반지와 팔찌를 빼고 입고 있던 핑크색 잠옷을 벗기려고 했다. 가끔은 나도 액션 배우처럼 근육질이 넓은 가슴에 몸을 기대고 잠을 자고 싶을 때가 있었다. 그가 뒤로 한 걸음 물러섰다.

"여자 옷을 입으면 거짓말처럼 피로가 풀린단 말이야."

피로가 풀린다는 말에 나는 그의 몸에서 손을 내렸다. 그가 부엌으로 가서 앞치마를 걸치고 저녁 먹은 설거지를 했다.

나는 샤워를 끝내고 그의 회색 잠옷을 입었다. 내 품에 꼭 맞았다. 내가 생일 선물로 사 준 잠옷이다. 그는 딱 한 번 걸쳐 보고 거들떠보지도 않았다. 색상이 맘에 들지 않는다는 것이었다. 남자 옷을 입는 것이 내 취향은 아니지만, 새것을 버리는 것이 아깝기도 했고 나조차 여자 잠옷을 입으면 남편이 언니처럼 느껴질 것 같았다. 나는 어렸을 때부터 또래 친구들보다 골격이 컸고 목소리도 허스키해서 남자처럼 보였지만 남성을 동경하진 않았다. 나이 서른이 다 될 때까지도 남자들은 나를 동성 친구인 양 편하게 어깨동무를 했다. 친구 소개로 두 살 위인 그를 만났을 때, 그는 내가 외형과는 달리 속마음은 천생 여자인 게 좋았다고 했다. 나도 그의 선한 인상이 나쁘지 않았다.

"이제 우리도 미국에 있는 아들을 불러들여 공장을 인계할 준비를 해야 하지 않을까요?"

나는 매니큐어 색상을 고르며 말했다. 남편은 말이 없었다. 그가 다가와 병에 담긴 색상들을 살폈다. 그는 회사 일이 잘 안 풀릴 때면 집으로 돌아와서 매니큐어를 바르곤 했다. 갈라지고 험한 손톱을 위로라도 하려는 의식 같았다. 작고 앙증맞은 매니큐어 병이 점점 많아지자 나도 매니큐어에 마음이 홀렸다. 특별히 취미랄 게 없는 나는 어느덧 손톱 정리를 하고 매니큐어를 바르는 게 취미가 되어 버렸다. 내가 갈색을 골랐다. 그가 핑크색 매니큐어 뚜껑을 열었다. 그가 내 손톱에 붓질했다. 그의 얼굴에서 아들 모습이 보였다. 아들이 대학을 졸업하고 유학을 떠나던 날, 그는 나보다 많이 눈물을 흘렸다.

"당신은 왜 대학 안 갔어요?"

"학교 가는 것이 싫었어, 내가 아웃사이더 같더라고,

지금 생각하면 별것 아닌데…… 아마 그때 성민이가 없었다면……. 그것밖에 기억 안 나.”

기억 안 난다는 그의 말이 그 시절을 기억하고 싶지 않다는 말로 들렸다. 계집아이 같다고 놀림을 당해 학교생활에 적응할 수 없었는데 성민 때문에 학창시절을 그럭저럭 견뎌 냈다고 말한 적도 있었다. 남편에게 성민과의 추억은 언제든 꺼내 볼 수 있는 지갑 한쪽에 꽂아둔 빛바랜 사진 같았다. 성민을 떠올리는 그를 볼 때면 고등학생 때의 풋내기 모습이 묻어 나오는 듯했다. 성민의 부인이 세상을 떠난 후, 남편은 평소보다 자주 창가에 서서 높은 하늘을 멍하니 바라보며 한숨을 내쉬곤 했었다.

“성민 씨 재혼 안 한대요?”

남편을 암으로 보내고 홀로 사는 지인과 짝을 맞춰 주고 싶은 생각이 오지랖은 아닐 것 같았다. 남편은 말문을 닫고 소파 위에 누워 버렸다. 그는 늘 그런 식이었다. 침묵이라고 다 좋은 것만은 아니었다. 긴 침묵이 때로는 걷잡을 수 없는 오해를 불러일으킬 수도 있었다. 한 번도 만난 적 없는 성민에게 나는 묘한 질투심이 일었다.

내 손에 매니큐어가 말라 갈 즈음 그가 누워서 손을 내밀었다. 나는 그가 고른 핑크색 매니큐어를 그의 손톱에 발랐다. 소나무 껍질처럼 벌어진 손끝에 핑크색이 제 기능을 잃었다. 그가 손등을 이리저리 돌리며 입으로 바람을 불어 매니큐어를 말렸다. 구두장이 남편의 손을 조롱하듯 나는 헛웃음을 지었다. 나는 그의 손톱에 매니큐어를 지웠다. 대신 그의 손등에 영양크림을 듬뿍 발라 마사지하고 랩으로 감았다. 남편은 랩이 감긴 두 손을 배 위에 올려놓고 눈을 감았다. 접착제와 구두약에 의해 갈라진 피부 사이에 스며들어 간 크림이 그의 마음에까지 스며든 것 같았다. 삼십여 년째 구두의 수명을 좌우하는 골싸기를 하느라 팔에 무리가 와서 네 번이나 수술했다. 그의 고른 숨소리가 들렸다. 나는 이불을 꺼내 남편에게 덮어 줬다. 때로는 소파 위가 침대보다 더 깊은 잠을 자기에 좋았다.

"구두를 사람 발에 맞춰야지 사람 발을 구두에 맞추게 하면 안 된다. 잘못된 구두가 사람의 발을 기형으로 만들지. 구두를 신었을 때 발이나 구두의 형태가 변형되지 않아야 비로소 제멋이 우러나오는 법이야."

그가 신제품을 다시 기획하고 있는 기획 팀과 아침 회의를 했다. 저번 주에는 공장에 도둑이 들어와서 애써 만든 라스트를 훔쳐 갔다. 라스트는 공장의 비밀이나 다름없었다. 갑피의 디자인은 같더라도 라스트의 차별화된 제작에 따라 구두의 품질이 달라졌다. 도둑은 라스트뿐 아니라 컴퓨터 그래픽으로 제작한 철형도 훔쳐 갔다. 잃어버린 도형은 컴퓨터에 저장되어 있겠지만 그는 그것에 미련을 두지 않았다.

"모든 구두는 세상에 하나뿐일 때 가치가 있는 거야."

남편은 고객 맞춤식으로 희소성을 강조한 소량의 상품으로 시장을 공략하자는 것이었다. 기획 팀장은 대중의 기호에 맞게 다양한 디자인을 많이 생산하자고 했다. 기획 팀장이 들어와서는 인터넷 정보를 전문적으로 활용할 수 있는 직원을 둘이나 채용했다. 잘 만든 광고가 상품의 퀄리티를 결정한다. 요즘 사람은 제품의 질보다는 이미지에 더 매료된다는 것이다. 나는 신제품에 관련된 카탈로그 작업을 도왔다. 출근부 체크를 끝낸 남편이 일 층 작업장으로 내려갔다.

나는 직원들 간식을 들고 밑창 제조실로 갔다. 그곳

에서는 밑창의 종류에 따라 겉창에 가황을 한다. 몰드에 고무생지를 넣고 황을 섞어 가열하면 탄력성이 한결 높아졌다. 직원 둘이서 구두 겉창과 중창의 프레스 작업을 하고 있었다. 프레스 기계의 열에 공장 내부가 후끈했다. 몸으로 하는 일이기에 금방 배가 출출했다. 나는 오전 열 시와 오후 네 시에는 빵과 우유를 직원들에게 나눠 주는 것을 하루도 거르지 않았다.

남편이 제화실에서 구두에 골싸기를 하고 있었다. 그가 작업대에서 완성된 갑피에 본드를 발랐다. 벌써 그의 작업복이 땀에 젖었다. 골싸기는 구두 만들 때 가장 힘이 들어가는 과정이기에 대부분은 그가 이 일을 도맡았다. 그는 본드가 발린 갑피에 라스트를 씌우고 스테이플러로 고정했다. 그의 섬세하고 정확한 솜씨를 따를 자는 없을 것이다. 하이힐 곡선 라인과 가느다란 굽만 보면 마음이 설레었고, 그럴 때마다 구두를 만들고 싶은 욕구가 강해졌다며 대학을 갔더라도 결국에는 구두 만드는 일을 했을 거라고 그가 말한 적이 있었다. 그가 갑피에 스테이플러를 제거하고 구두의 창을 붙였다. 이어서 울퉁불퉁한 느낌을 없애기 위해 갑피에 기모 작업을 했다. 기모 작업이 끝난 갑피를 섭씨 칠십 도가 되는 열처리 기구에 넣었다. 대부분 공장에서는 구두에 접착제가 잘 스며들어 신어도 뒤틀리지 않게 하는 열처리 과정을 생략했다. 직원들은 번거롭고 힘든 이 과정을 생략하자고 번번이 제안했다. 그의 마음은 단단하게 굳은 모르타르 같았다.

남편은 내가 다가온 것도 모르고 남성 구두 한 켤레에 골싸기를 하고 있었다. 내가 기척을 했다. 그가 해서는 안 될 일을 하다가 들킨 사람처럼 당황했다. 그는 작업하던 남성 구두를 옆으로 밀고 하이힐 갑피를 얼른 손으로 당겨와 만지작거렸다. 그의 그런 태도에 더 신경이 쓰였다. 그에게도 간식을 건넸다. 그가 수건으로 얼굴의 땀을 닦았다. 그가 주먹을 쥔 왼손으로 오른쪽 어깨를 두드렸다. 자동화 기계가 들어오면 이제 그도 골싸기에서 벗어날 것이다.

"기계가 오면 당신 팔 괜찮겠어? 평생을 마라톤 선수처럼 달렸던 팔이 갑자기 멈춰 서면 별 탈이 없어야 될 텐데."

"별 걱정 다 하네, 고등학교 마지막 수업처럼 들뜨기만 하구만."

그의 입에서 나올 것 같지 않은 말이었다. 언젠가 그

는 고등학교 시절을 떠올리는 것조차 싫다고 말한 적이 있었다. 그때는 딱히 부끄러울 것도 없는데, 자꾸 부끄럽다는 감정에 휩싸여 살았다고 했다. 나는 남편을 부끄럽게 만드는 원인이 뭐였을까 생각해 봤다. 나도 지인들 앞에서 말을 할 때 종종 얼굴을 붉히곤 했다. 그것은 상대와 공감대를 형성하지 못할 때 오는 이질감이었다. 나의 다름이 상대에게 압도당했을 때 오는 혼란이라든지, 상대에게 속내를 들키고 두려움에서 오는 모멸감 같은 거였다. 그의 부끄러움도 그런 종류일 거라고 생각했지만, 마음 한구석에서는 꺼림칙한 기분이 사라지지 않았다.

사무실에 돌아왔을 때 키가 크고 체격이 좋은 육십대 남자가 서 있었다. 거래처 사장은 아니었다. 그가 남편의 고등학교 친구 김성민이라고 했다. 하얀 셔츠에 은회색 바람막이를 입은 차림에서 아내의 사별 흔적은 어디에도 남아 있지 않았다. 그는 사무실 여기저기를 둘러보다가 몇 번이고 나와 눈이 마주쳤다. 그때마다 내가 미소로 어색함을 풀려고 했지만 그의 시선은 다른 곳으로 갔다. 그에게 커피를 대접하고 남편을 데리러 일 층으로 내려갔다.

남편은 아직도 남성 구두를 만드는 중이었다. 그가 골싸기의 마지막 작업인 밑창을 붙이기 위해 중창에 접착제를 발랐다. 그의 손에 들려 있는 붓의 꼬리가 바람이 머무는 들판의 풀처럼 누웠다가 일어서기를 반복했다. 남편은 마른 갑피에 밑창을 붙일 접착제 자리를 정확하게 표시했다. 갑피와 밑창이 고정되자 구두 굽을 붙였다. 나는 멀찍이 서서 그가 작업을 마무리 할 때까지 기다렸다. 적당히 마른 접착제라도 타이밍을 놓치면 구두의 균형이 뒤틀릴 수 있다. 그가 밑장과 갑피를 잘 붙이고 구두를 망치로 두들겼다. 구두굽에 작은 굽인 덴카와를 못을 박듯이 밀어 넣었다. 그가 구두를 들고 높낮이가 맞는지 확인했다. 이마에서 흐르는 땀이 턱밑으로 떨어졌다. 마지막으로 구두에 광택을 낸 뒤 포장 박스에 담았다. 구두 한 켤레가 완성되자 드디어 허리를 폈다.

성민을 본 남편은 귀까지 붉어질 만큼 얼굴이 상기되었다. 성민이 남편의 손을 덥석 잡았다.

“연락도 없이…….”

남편이 활짝 웃는 모습이 적잖이 낯설었다. 평소에는 감정을 잘 드러내지 않는 그였다. 그도 한껏 웃을 줄 아는 사람이라는 것을 알았다.

"오는 데 불편하지 않았어?"

"내비게이션이 있잖아."

성민 옆으로 남편이 앉았다. 둘은 서로의 얼굴에서 눈을 떼지 못한 채 말을 잇지 못했다. 한쪽 구석으로 몰리는 이 기분은 뭘까. 나는 책상으로 돌아갔다가 다시 일어나 냉동실 문을 열었다 닫았다 했다. 성민과 찻집으로 가서 회포나 풀라는 내 말에 그들은 자리에서 일어났다. 나는 그들을 배웅했다.

나는 작업 중인 샘플 카탈로그를 살폈다. 카탈로그가 완성되고 거래처에 메일을 보낸 이삼 일 후면 거래처에서 반응이 올 것이다. 남편을 믿는 거래처는 구두의 카탈로그만 보고 주문하기도 하고 구두에 대한 견해만 보내는 거래처도, 고객들의 반응을 보고 주문서를 보낸 거래처도 있었다. 기획팀에서 인터넷을 통해 공장 사이트를 개설한 후부터 신제품은 재고 없이 매진되었다. 젊은 직원들의 마케팅 능력만은 이미 남편을 넘어섰다.

남편은 밤 열두 시가 되어 집으로 돌아왔다. 평소에 술을 마시지 않는 그의 입에서 술 냄새가 풍겼다. 아내를 떠나보내고 홀로 남은 성민이 신경이 쓰인다고 말했다. 그가 이불 밑으로 들어왔다. 그의 몸에 손을 넣었다. 무얼 바라고 하는 것은 아니다. 그렇게라도 하지 않으면 우리는 영영 남이 될 것만 같다. 그가 등을 돌렸다. 낯설게 느껴졌다.

아침 미팅 시간에 직원이 새 디자인을 브리핑했다. 남편의 지시대로 왼쪽 발은 남성 구두에서 디자인을 착안했고, 오른쪽 발은 하이힐의 단아한 면에서 디자인을 착안한 듯했다. 미적 희소성과 척추와 발목에 무리가 가지 않는 안전성을 강조한 하이힐이었다. 발을 감싸는 양쪽 갑피는 디자인과 색상이 각각 달랐다. 구두 한 켤레에 굽은 10cm, 8cm, 5cm, 3cm, 1cm까지 다양했다. 구두 굽이 갑피에서 분리된 셈이다. 기존의 굽은 한번 고정하면 구두의 수명이 끝날 때까지 높낮이를 조절할 수 없었다. 새 디자인은 굽을 밑창에 마음대로 바꿔 끼울 수 있고 얼마든지 구두의 굽 높이를 조절할 수 있었다.

남편은 도안을 몇 번이고 다시 봤다. 남편이 회의 탁자 위에 놓여 있는 커피를 한 모금씩 마시면서 도안에서 눈을 떼지 않았다. 남편은 샘플이 마음에 내키지 않으면 커피 잔을 단숨에 비우는 습관이 있었다.

"신발 두 짝이 꼭 같아야 할 이유가 있나? 틀에 박힌 생각 따윈 중요하지 않아. 자유를 상징하는 콘셉트 슈즈로 만들자."

직원들의 얼굴이 밝아졌다.

"이 디자인은 진흙탕 속에서도 피어나는 연꽃에 비유해 구두의 명칭을 로터스로 하자. 샘플을 잘 만들어 보도록 해라."

직원들은 바쁜 걸음으로 개발실로 들어갔다.

남편은 내 책상 앞으로 갔다. 그가 서랍에서 바셀린을 꺼냈다. 화장지로 갈라진 손가락을 닦았다. 갈라진 피부 틈에서 피가 묻어 나왔다. 나는 바셀린 뚜껑을 열어 남편의 손에 발랐다. 일회용 밴드를 그 손가락 끝에 붙였다. 머지않아 그의 손끝도 새살이 차고 나올 것이다.

그가 사무실을 내려갔다. 공장만 둘러보고 사무실로 돌아왔다. 그가 무슨 말을 하려는 듯 머뭇거렸다.

"할 말 있어요?"

"……손님과 점심 약속 있어."

"네…… 그래요."

나는 얼떨결에 대답은 했지만 뜻밖인 그의 말에 당황했다. 남편은 근무시간에는 좀처럼 공장 밖으로 나가지 않았다. 중요한 거래처 손님이라도 식사 접대는 공장 식당에서 조촐하게 했다. 그럴싸한 고급 접대는 포장만 근사하게 한 선물 상자 같다고 했다. 상품의 평가는 거래처의 관계자가 아닌 고객에게서 나온다는 것을 확신했던 그였다. 남편이 사무실을 서둘러 내려갔다. 나는 그가 주차장까지 걸어가는 것을 지켜봤다. 그가 걸을 때 양 어깨가 춤을 추듯 흔들렸다. 승용차에서 시동 켜는 소리가 들렸다. 하늘에서 회색 구름이 몰려왔다. 주차장 감나무에서 아직 짝짓기를 못한 매미가 애절하게 울어댔다.

오후 세 시가 지나도 그가 돌아오지 않았다. 퇴근 시간이 되어서야 그에게서 전화가 왔다. 점심을 먹고 손님과 동해에 가는 중이라고 했다. 공장에 매여서 외출 한 번 제대로 하지 못한 그였다. 마음 한구석에서는 알 수 없는 불안이 밀려왔다. 예민한 직관 탓일까.

남편을 이해 못 하는 것은 아니다. 그도 일상에서 벗어나 자유를 누릴 시간이 필요하다는 생각이 들었다. 나도 나만의 시간이 있어야 하지 않겠냐며 스스로 위안을 했다.

새벽 한 시다. 남편이 화장대 앞에 앉아 있다. 남편을 기다리다 깜빡 잠이 든 모양이다. 거울에 그의 모습이 비쳤다. 그가 볼을 손끝으로 가볍게 두들겼다. 얼굴을 옆으로 돌려 목을 살짝 뒤로 제쳤다. 그가 화장대 서랍을 열었다. 그가 분홍색 립스틱을 입술 가까이 가져가더니 입술을 오므렸다 폈다 하며 립스틱을 입술 전체에 고르게 펴 발랐다. 어색하지 않았다. 치마만 입히면 여자라고 속여도 믿을 수 있을 것 같다. 그의 얼굴에 생기가 돌고 입술에서 꽃 향이 풍길 것만 같다. 립스틱 하나만으로도 사람의 느낌이 완전히 달라진다는 것이 새삼스러웠다. 내 눈에 남편은 어느 때보다 여자처럼 보였다.

그의 주머니에서 휴대폰 진동음이 울렸다. 나와 남편 사이에 건너지 못할 강이 흐르고 있는 것 같았다.

휴대폰을 들고 침실을 나간 남편은 한참을 지나도

들어오지 않았다. 현관문 열리는 소리가 들렸다. 나는 베란다로 나가 아파트 공원 놀이터를 내려다보았다. 남편이 종종걸음으로 공원으로 향했다. 정원수가 가로등 불빛을 가렸다. 그때 헤드라이트를 켜고 102동으로 자동차 한 대가 들어왔다. 자동차에서 내린 남자가 두 팔을 활짝 벌리며 그에게 다가왔다. 둘의 몸이 애초에 한 덩어리였던 것처럼 포개졌다. 처음부터 하나였던 것이 둘로 분리됐다가 비로소 합치를 이룬 모습이었다. 가로등 불빛에 얕아진 밤의 장막을 마저 걷어 내려고 눈을 비볐다. 키가 크고 체격이 좋은 남자는 흰 셔츠에 은회색 바람막이 차림이었다. 그와 그이가 자동차 안으로 들어갔다. 이팝나무 가지에서 하얀 꽃술이 흩어지면서 바람을 따라 흘러갔다.

나는 베란다에 서서 그 광경을 한동안 지켜보았다. 그이가 차에서 내리고 자동차가 떠났을 때 왠지 그이와 내 사이가 낯설어 보였다. 내가 오인한 것일 수도 있었다. 그는 수제화 공장을 지키는 데 온 힘을 다했다. 그와 나 사이에 아들도 태어났다. 남편이 다른 색깔을 지녔다는 것을 단 한 번도 의심한 적이 없었다. 한줄기 바람이 불어왔다. 수북한 꽃술을 받치고 있는 이팝나무 가지가 우두둑 꽃잎을 떨쳐 냈다.

그가 현관문을 열고 들어왔다. 그는 나와 눈을 마주치지 않고 방으로 들어가려 했다.

"그는 갔어요?"

내가 물었다. 남편이 잠시 나를 멀뚱멀뚱 쳐다봤다. 마음을 들킨 것이 적잖이 당황스러웠던 것일까. 그가 멋쩍게 웃었다. 사막에서 불어오는 바람처럼 길고 텅 빈 소리 같았다.

"성민은…… 내, 내가 처……으음 마음을 준 사람이었어."

"뭐, 뭐라고요?"

"고등학교 때부터야…… 자, 자꾸 성민에게 끌리는 마음을 애써 우정이라 생각하려고 했어."

그 시절에는 누구나 우정을 사랑으로 착각할 수도 있었다. 나도 고등학교 때 단짝인 친구가 다른 애와 손잡고 웃는 걸 보면 질투가 나서 토라질 때가 많았다. 그 시기에 자신의 정체성을 찾아 방황하는 것은 어쩌면 당연한 일이었다.

"그때 성민이가 나를 찾아왔어. 하지만 같이 자지는 않았어. 남자끼리 사귀는 것을 본 적이 있었는데 끝이 안 좋더라고. 그래서 여태껏 성민을 피했던 거야. 성민을 다시 만나니 나도 내 마음을 잡을 수가 없어."

성민과 몸을 섞지 않았다는 말이 내 충격을 줄이지 못했다. 배신감 때문은 아니다. 말로만 듣던 동성 간의 끌림이 내 가족 중에 있다는 사실이 믿기지 않았다. 왜 하필 내 남편이어야 할까.

"당신한테 다 말하고 나니 갈증이 해소된 것 같아. 이제 어디에도 얽매이지 않고 살 자신감이 생겼어."

남편이 사춘기 아이처럼 충동적으로 말을 쏟아 냈다. 그의 입에서 날개를 펴고 나오는 불새를 본 것 같았다. 내가 툭 건드리기라도 한다면 그 새는 어디론가 날아가 버릴 것만 같았다. 바람이 놀이터에 있는 정원수를 휩쓸고 지나가는 소리가 들렸다.

하이힐을 신은 모습, 내 잠옷을 즐겨 입고, 내 화장품에 관심 많은 그가 여성스럽다는 생각은 했다. 하지만 섭씨 칠십 도가 넘는 기계 앞에서 그는 매일 온몸에서 땀을 빗방울처럼 흘려 냈다. 그의 땀으로 월세방에서 시작해서 아파트도 샀다. 작년에는 공장 터를 사서 공단으로 입주도 했다. 그는 보통 남자와 다를 바 없이 가장의 역할에 충실했다.

그는 깊은 잠에 빠져 있는 듯했다. 그의 숨소리가 폭풍이 휩쓸고 간 뒤처럼 고요했다. 나는 뜬눈으로 밤을 보냈다. 바람이 지나간 자리는 늘 그 모양새였다.

그는 공장에 출근하지 않았다. 내가 퇴근해서 오면 그는 방으로 들어갔다. 나와 마주치지도 않고 밥을 먹었다. 나는 방으로 들어가는 그의 앞을 막았다.

"당신 왜 그래?"

그는 내 눈을 피했다.

"미안해."

"미안해할 필요 없어. 나로서는 기뻐할 일도 아니지만."

기분이 담담했다. 나와 사는 동안 그는 행복했을까. 그의 발목 붙들어 놓은 것은 나일 수도 있다. 미안해할 사람은 오히려 내가 아닐까. 나는 식탁에 앉아 밥을 입으로 꾸역꾸역 밀어 넣었다.

남편은 삼 일째 출근하지 않았다. 직원들에게 적당한 핑계를 댔다. 자꾸 묻는 팀장에게 지독한 몸살감기에 걸렸다고 둘러댔다. 믿기지 않는다는 듯 고개를 갸우뚱거리던 팀장은 사장의 빈자리를 채우느라 점심시간에도 쉬지 못했다.

아침 미팅 때 로터스 슈즈 샘플이 회의 탁자에 올라왔다. 왼발 갑피는 남성 구두 느낌이 나는 흰색이고 오른발 갑피는 단아한 여성구두 느낌인 붉은색이다. 발목을 두르고 있는 구두의 가장자리는 양발 모두 분홍색이다. 밑창이나 구두의 굽은 초안 때 내놓은 디자인과 다를 게 없다. 도안으로 봤을 때보다 더 좋았다. 두 짝의 디자인이 전혀 다른 것 같으면서 야릇한 조화를 이뤘다. 양쪽 디자인이 각각 다르기 때문에 옷차림에 따라 구두의 한쪽을 다른 구두와 짝을 맞출 수도 있다. 구두의 굽 높이를 조절할 수 있어 취향에 따라서는 남녀 구두의 경계를 허물 수도 있다.

그가 하이힐을 신고 공장을 한 바퀴 도는 모습이 그려졌다. 휘청거리는 두 다리의 중심을 잡으려고 안간힘을 썼던 그의 긴 종아리에 새겨지던 굵은 핏줄이, 땀에 젖어 골싸기를 하는 그의 축축한 등이, 하이힐을 신고 워킹하면서 세상을 다 얻은 것 같은 그의 표정이었다. 머릿속에 그것은 지워지지 않을 이미지로 새겨졌다.

나는 박스에 로터스 슈즈를 들고 제화실로 갔다. 그

가 완성해서 포장 상자에 담아 놓은 남성 구두를 꺼냈다. 250mm 로터스 하이힐과 265mm 남성 구두를 작업대 위에 나란히 놓았다. 잘 어울리는 한 쌍의 커플룩이었다. 흰 드레스를 입은 남편이 로터스 하이힐을 신고 성민의 손을 잡고 활짝 웃는 모습이 떠올랐다. 나는 하이힐과 남성 구두를 쇼핑백에 담았다. 산다는 게 별거 있나. 맞춰 살면 되는 것이다. 바람이 불고 비가 온다 한들 이팝나무의 가지에 잎이 몇몇 떨어지면 그뿐이었다. 잎이 떨어져 나간 자리를 비집고 들어올 다른 새순도 있는 법이다. 나는 사무실을 나왔다.

퇴근길에 세차게 불던 바람이 잦아졌다. 어둠에 묻힌 거리가 고요했다.

현관 비밀번호를 누르는데 안에서 문이 열렸다. 그가 스모키 화장에 분홍색 립스틱을 바르고 나를 맞이했다. 프릴이 달린 내 원피스 위에 앞치마를 받쳐 입은 그가 마치 아무 일 없었던 것처럼 손을 내밀었다. 나는 거실에 켜져 있는 텔레비전에 시선을 뒀다. 고무신을 들고 거꾸로 신겠다는 여자 개그맨에게 남자 개그맨이 고무신을 뺏어 끈에 매달고는 “이건 신발이 아니야. 모자야!” 하며 여자의 머리에 씌웠다. 내가 웃었다. 그도 따라 웃었다. 그가 내 손을 덥석 잡았다. 나는 그에게 이끌려 식탁으로 갔다. 된장찌개와 불고기가 차려진 식탁에는 꽃무늬 접시에 담긴 쇠고기장조림, 가지나물, 꽃게무침이 놓여 있다. 식탁에 마주 앉았다. 내가 쇠고기장조림을 그의 밥 위에 올렸다. 그가 게살을 발라서 내 밥 위에 올려 줬다. 휴대폰에서 벨이 울렸다. 그가 폰을 들고 안방으로 갔다. 나는 밥을 천천히 먹었다. 식탁으로 돌아온 그가 내 앞에서 머뭇거렸다.

나는 그를 거울 앞에 세웠다. 가방에서 파우치를 꺼내 그의 화장을 고쳤다. 가끔 기분 전환으로 썼던 굵은 웨이브의 긴 머리 가발을 씌워 줬다. 내 핸드백에 그의 지갑을 넣고 그의 오른쪽 어깨에 걸어 줬다. 쇼핑백에서 로터스 슈즈를 꺼내 그의 발 앞에 내려놓았다. 하이힐을 신던 그가 중심을 잃고 흔들거렸다. 내 손을 잡은 그가 허리를 곧추세웠다. 그에게 남성 구두가 담긴 쇼핑백을 건넸다. 누가 먼저랄 것도 없이 현관문으로 향했다. 문이 열렸다. 톡, 톡, 연꽃망울 터지는 소리가 멀어져 갔다.

작가의 말

어느 날 존경하는 스승님으로부터 질문을 받은 적이 있다. 여태 글쓰기를 붙들고 있는 힘의 원천은 무엇인가? 그 질문에 대답이 언뜻 떠오르지 않았다. 머릿속에서 적당한 문장을 찾아내지 못하고 부끄러운 마음이 앞서 말을 얼버무렸다. 스승님이 생각한 것과는 다르게 삶의 전부를 전업 작가처럼 오로지 작품에만 매진한 적도 없고, 작가 의식이 투철하지도 않았다. 그렇다고 작가라는 타이틀을 이마에 걸고 자존감을 높이려는 의도는 더더욱 아니었다. 집으로 돌아오는 내내 '나는 왜 글을 쓰려하는가?'에 대한 질문에 사로잡혔다.

어느 때부턴가 풀잎이 바람에 물결치는 모습을 바라보면서 어떤 소리가 둥지를 틀기 시작했다. 밥을 먹을 때나, 친구들과 어울려 놀 때나, 학교에 가면서 꽃잎이 바람에 몰려다니는 모습을 볼 때, 냇물이 풀잎을 싣고 떠날 때, 소리는 어김없이 들려왔다. 그 소리는 한동안 들리다가 슬그머니 사라지곤 했다. 나이 십 대부터 내 안에서 들려오는 소리를 붙들고 싶다는 욕구가 싹텄지만, 형편없는 글에 절망했다. 이삼십 대에는 낮밤을 가리지 않고 들려오는 소리의 화음과 현실의 불협화음에 혼돈의 시간을 보냈다. 상징계의 영역 안에선 하루는 짧고 반드시 해야 할 일은 많았다. 육아에 전념했고, 가족의 일원으로서 경제적 어려움을 극복하려고 무던히도 분주했다. 자녀가 성장하고, 삶도 안정을 찾으면서 은밀하게 들려오는 내면의 소리를 시나 수필로 옹알이처럼 표현하다가, 소설을 접하게 되었다. 오십 대를 면전에 둔 나이였다.

내게 소설 쓰기란 무엇일까. 마술에 걸린 것처럼 상상계의 영역으로 퇴행하는 여행이었다. 소설의 공간에서 상상의 단계에 진입하여 욕망의 주체와 욕망의 객

체가 일치하는 경험을 하는 것이었다. 일상에선 혼자서 여행을 떠나 본 적이 없었다. 그나마 틈틈이 소설의 공간 안으로 여행할 수 있어 삶이 무료하거나 건조하지 않았다. 소설 속에서 나를 발견하고, 타자를 발견하고, 나와 타자가 일치를 이루는 행위를 했다. 아직 살아 보지 못한 남은 여정에, 바람은 또 어느 방향으로 나를 밀쳐 낼지 모른다. 하지만 이번 소설집 발간을 마중물 삼아 흔들리지 않고, 꿋꿋하게 소설의 공간 안으로 여행에 더욱 매진할 거라고 다짐한다.

항상 응원해 주고, 묵묵히 지켜보면서 위로의 말을 아끼지 않은 가족에게 고마움을 전한다. 소설집을 낼 수 있도록 졸작을 채택해 주신 부산문화재단 소설 부문 심사위원님들께 감사드린다. 소설집 출간 소식에 누구보다도 기뻐하고 성원해 주신 이국환 교수님과 동아대학원 동문들께도 감사를 전한다. 그동안 소설의 길라잡이가 되어 주신 선생님들, 소다수 스터디 문우들, 도서출판 산지니와 편집자들께도 감사드린다.

2024년 8월

이현숙

| 수록작품 발표지면 |

「여행의 한 방식」	『오늘의 좋은 소설』 2024년 여름호 수록작
「태풍의 집」	『오늘의 좋은 소설』 2020년 여름호 수록작
「검은색 스키니진」	미발표작
「비트의 세상」	『동리목월』 2019년 여름호 수록작
「수상한 초대」	미발표작
「로터스」	『동리목월』 2018년 겨울호 수록작

수상한 초대

초판 1쇄 발행 2024년 9월 12일

지은이 이현숙
펴낸이 강수걸
편집 이혜정 강나래 오해은 이선화 이소영 김효진 방혜빈
디자인 권문경 조은비
펴낸곳 산지니
등록 2005년 2월 7일 제333-3370000251002005000001호
주소 부산시 해운대구 수영강변대로 140 BCC 626호
전화 051-504-7070 | 팩스 051-507-7543
홈페이지 www.sanzinibook.com
전자우편 sanzini@sanzinibook.com
블로그 sanzinibook.tistory.com

ISBN 979-11-6861-371-3 03810

* 책값은 뒤표지에 있습니다.
* 잘못된 책은 구입하신 곳에서 교환해드립니다.
* 본 도서는 2024년 부산광역시, 부산문화재단 〈부산문화예술지원사업〉으로 지원을 받았습니다.

부산광역시 BUSAN METROPOLITAN CITY 부산문화재단 BUSAN CULTURAL FOUNDATION